SUPER MOON

スーパームーン

Taketoshi Tsuaki

亡き妻、ミホさんの思い出に・・・・

大きく長方形に切り取られた窓から、大阪城が見える。

正面には生駒山、左には古い佇まいの大阪府庁舎、右には大阪府警の「おまえら犯罪は絶対許さへんで！」とでも言っているかのような堅牢な建物があり、その屋上には大きなヘリポートが乗っかっている。

ここは谷町二丁目にある府立病院の八階、二つの病棟に挟まれたカフェスペース。三月に名称を変えて森ノ宮から移転してきた、とても綺麗な病院だ。目に入るものすべてが新しいので、居心地がいい。

この病院に初めてやってきたのは六月、初夏の匂いが漂い、大阪城公園は濃い緑色に染まりはじめていた。

その日から妻のミホさん（僕は結婚してからずっと、妻のことを「さん」づけで呼んでいる。特に理由はない）は入院だったので、ひと通り荷物を病室に入れた後、窓際のカウンターに並んで座って、大阪城公園を眺めながらランチを食べた。

ミホさんは病院食のハンバーグ定食、僕は一階のコンビニで買ってきた明太子スパゲティ。

二人で城を眺め、僕の仕事のこと（僕は映像制作会社でプロデューサーをしている）、三人の息子のこと・・・いろんな話をしながら楽しく食べた。

いま僕は同じカウンターに一人で座って、一階のコンビニで買ってきたおにぎりを食べている。

ミホさんは病室でずっと眠っている。

今日は十二月三日、日曜日、とてもいい天気だ。

公園の緑はすっかり秋色に染まり、本格的な冬への準備を進めているようだ。気温が低いので空気が澄んでいて、生駒山の稜線がくっきりと見えている。

ミホさんは鎮静剤を注射しているので意識が低下し、もう話すこともできない。鼻からは酸素を吸入し、栄養は静脈から点滴で取り、下腹部への皮下注射で塩酸モルヒネの鎮痛剤を二本打っている。そして排泄用のカテーテル。体のあらゆるところからチューブが出ている。

なんなのだ、これは。

なんで、こんなことになっているのだろう？

これは、現実なのだろうか？


ミホさんの病気が発覚したのは今年の三月だった。二、三年前から左胸に小さなしこりがあった。

家の近くの病院の担当医師からは、良性だから問題ないと言われていて、経過観察で定期的に病院に通っていた。

そのしこりがだんだん大きくなってきたので、気になるから手術で取りたいとミホさんが言い出した。

医師は取らなくても大丈夫だけど、取りたいのなら、ということで、部分切除の手術を施し、ミホさんは二日ほど入院して家に戻った。

三月三十一日 「発覚」

会社のデスクにいるとき、ミホさんからＬＩＮＥメッセージが送られてきた。

【病院から電話があってな、先日切除したしこりのことで話があるから来てくださいって・・・なんやろ?こわいな・・】

【うーん・・わかった、一緒に行くわ】

これは明らかに悪い知らせだろう。がんなのか。それ以外病院から呼び出される理由が思い浮かばない。スマホを持つ手が微かに震えた。

四月四日 「告知」

病院は歩いて行ける距離にある。

駐車場の入り口が家の直ぐ近くにあり、そこから病院の建物まで続く歩道の脇には桜の木があって、ちょうど満開を迎えていた。

「きれいやなあ、桜」と僕。

ミホさんは、僕の手を強く握ったまま黙り込んでいる。

病院の内科診察室の前、二人で名前が呼ばれるのを待っている。

「怖いよー、怖いー、やっぱがんなんかなあ、そうなんやろなあ」とミホさん。

「いやいや、まだわからんやん、とにかく話を聞いてみようや」と僕。

「津秋さ〜ん、津秋ミホさ〜ん、三診へどうぞ――」と担当医の少し語尾を伸ばす声が、マイクを通して呼ぶ。

二人でゆっくり歩いて診察室へ入った。

「えっとですね、先日切り取った腫瘍を調べたところですねー、これはどうも・・悪性のようですー」

「アクセイ・・ですか・・・」

「いわゆるがんではないのですが・・・」

（おっ、がんじゃないんや！）

「乳腺間質肉腫という悪性腫瘍です」

「カ・ン・シ・ツ・ニ・ク・シュ？・？・」

「はいー」

と言って担当医が紙に漢字で大きく書いてくれた。

今まで全く聞いたことのない病名だ。

「いわゆる癌というのはですね、体の上皮、つまり空気の触れているところに出来るのですねー。胃だとか、肺だとか・・・乳癌も、あれは空気に触れているところに腫瘍ができているんですー。ミホさんの場合は、空気の当たらないところ、筋肉や血管に悪性腫瘍ができる、肉腫という特殊な病気なんですー」

なんだかよくわからないけど、とにかく悪性だということはわかった。

「しかも、この病気はほんとに珍しい・・そうですね、0.03パーセント、一万人に三人という割合ですー。そして過去の症例をみると、かなり悪性度が高いようですー。五年生存率は六十パーセント程度・・・」

（え！今、このタイミングで生存率まで言う？・？・）

「しかも、肝臓、肺、骨や脳にも転移する確率が高くて、そうなったらもう、手の施しようがなくなりますー」

ミホさんは完全に硬直していて、言葉も出せないでいる。

そのあとも、乳癌専門医でもこの病気を診るのは一生に一回あるかどうか、だとか、とにかく珍しさを強調する担当医。

いやいや、そんなことはどうでもいい。知りたいのは、どうやったら治るか、なのだ。

「で、先生、どうしたらいいのでしょうか？・」と僕が聞く。

「左乳房完全切除しか、今の所、治療法はないです・・・どうします？・？・」

（いやいや「どうします？・」ってそうするしかないんですよね・・）

ミホさんの顔を見た。

「わかりました・・先生、取ってください」とミホさん。

「はい、では早い方がいいと思いますのでー、来週の十三日でいかがですか？・」

「はい、それでお願いします」とミホさんが覚悟を決めた表情で答えた。

頭が真っ白の状態で診察室を出た。

「十三日ってタッスンの誕生日やな・・・」とミホさんが小さな声でつぶやいた。


僕たちには三人の息子がいる。

大学生の長男、リョウ。厳しい受験の反動で入学と同時に遊び呆けて、今は大学五年目に突入している。

高校三年生の次男、タスク。バスケットボール部で副キャプテンをしている。ガッツ溢れるプレイが持ち味。

高校二年生の三男、テル。高校からベースを始めて、今はバンド活動に夢中。

十三日は次男、タスクの誕生日だ。


病院を出て家まで歩く桜の道で、それまで我慢していた涙がミホさんの目から溢れ出た。

「わたし死ぬん?ね?死ぬん?いやや-子供らともっといっしょにいたい-」

「大丈夫や、手術したら治るんやから」

「たけちゃん、カッコええからモテるし、再婚するんやろー？シゲコさん（ミホさんの母）が死ぬまではせんといてや〜っ」

「いやいや、カッコ良くないし、モテへんし、ハゲてるし、再婚なんかするわけないやろ！って、何の話しをしとんねん！」

「あー、テルちゃんが心配や〜」

やはり末っ子のことが一番気になるようだ。


ロシアの文豪トルストイの小説『アンナ・カレーニナ』の冒頭の文章が、ふと頭に浮かんだ。

「幸福な家庭というのはどれも似たりよったりだが、不幸な家庭というのはいずれもそれぞれで不幸である」

僕たちの家族もオリジナルの不幸な物語を紡いでいくことになるのだろうか？

（あかん、あかん！）

ネガティブな考えを、一生懸命頭の中で打ち消した。

家に着くまでにはミホさんの気持ちもなんとか落ち着き、僕がコーヒーを淹れて二人で飲んだ。

「これさ、シゲコさんに言うた方が良くない？」と僕。

「いやー、あかんあかん、そんなん聞いたらお母さんひっくり返るで！」とミホさん。

「いや、でも・・・この事は、伝えた方がええと思うよ」

「そうか・・・そうやな・・そうしよか。ミポリン、ピーンチ！」

困った時に必ず発する決め言葉が出た。これが出ているうちは大丈夫だ。

川西の実家に電話して、すぐに車で会いに行くことにした。

実家に着くとシゲコさんが少し怪訝な表情で迎えてくれた。

「どうしたん、急に」

「お母さん、実はな、話があんねん・・」

「うん、どうしたん？」

「私な、病気になってん、悪性腫瘍やねん」

「えっ?がんなん?」

「いや、がんじゃないんやけどな・・・」

「あ、そう、がんじゃないねんね、よかったよかった」

(いや、そうじゃないぞ、全然良くないぞ。ミホさん、その伝え方じゃ正しく伝わってないぞ!)

でも、ここで僕が詳しい説明をすると、ミホさんの言うように、お母さんがショックで倒れられたら困ると思ったので、話はこの程度にして帰ることにした。

それ以降入院の日までは、まるで何事もなかったように、いつも通り明るく振舞うミホさん。

三兄弟にも、

「おかあさん手術するねん、でも大丈夫、すぐ退院できるし、入院中は家のこと頼むわな」と軽く明るく話していた。

「すごいなあ、この人」とあらためて感心した。

昨年末に、とても悲しいことがあったばかりだった。

ミホさんが兄のように慕っていた知り合いが急逝したのだ。

近所で料理屋さんを営んでいる人だった。

ミホさんはその人が亡くなる一週間前、注文したパーティ用のオードブルを受け取るために本人に会っていたので、知らせを聞きとても驚き、しばらくの間はふさぎ込んでいた。

その悲しみもやっと癒えてきたところなのに、今度はミホさんが病気に・・、やりきれない気持ちでいっぱいになった。


この日から、制御を失い、高速で疾走するジェットコースターに無理やり乗せられたかのような、僕たちの闘病の日々が始まることになる。

次男タスクの誕生日パーティは、九日の日曜日に済ませることにした。

タスクが大好きな焼肉で盛り上がり、ミホさんも終始機嫌が良かった。

四月十三日「手術」

手術の前日にミホさんは入院した。

手術同意書を提出して、朝から血液検査。午後からは麻酔科、手術室看護師、薬剤師が次々に病室にやってきて診察と説明があり、最後に担当医から手術に関する説明を受けた。

若い看護師さんが、きめ細かくミホさんの身の回りの世話をしてくれている。その看護師さんから、

「さっきね、奥さんとお話ししていたんですけど、一番緊張しているのは、旦那さんじゃないかなって」と言われた。

「そうですねー、僕、入院とか一回もしたことないんで、妻の手術とはいえ緊張してますわー」

ミホさんの病室からは、自宅の玄関先がかろうじて見えた。

「入院中は、こっからみんなちゃんと学校に行ってるかを見とくわなー」とミホさん。

僕は子供たちの夕飯の支度をするために家に戻った。

手術当日の朝、掃除、洗濯など家の用事を済ませて、十一時ごろ病院へ向かった。

さすがにミホさんも緊張しているようだ。

十二時前、ミホさんは絶食になったので、僕は一階のコンビニでお弁当を買い、病院の近くにある公園で食べた。

この公園は、一周五百メートルほどの遊歩道に囲まれていて、僕は時々ここでジョギングをしている。

桜の木がたくさんあって、子供連れのお母さんたちがお花見をしている。とてものどかな光景だ。天気も素晴らしい。

ミホさんがこれから受ける、左乳房全摘手術という過酷な現実とのギャップに、心が苦しくなった。

病室に戻って手術までの時間は、二人でおしゃべりをしながら過ごした。

「オギャー」

どこからか、赤ちゃんの泣き声が聞こえてきた。

どうやら同じ階の通路を挟んだ反対側に、産婦人科の分娩室と新生児保育室があるようだ。

「うふ、かわいい。なんだかいいね、赤ちゃんの声」とミホさんが言って、手術前の緊張感が少し和らいだ。

手術の時間が来た。僕はミホさんの手を握った。

「頑張ってや」

「うん、頑張る」

ミホさんはストレッチャーに乗せられ、手術室に入っていった。

僕は近くの待合所で待つことにした。

カバンに入れていたレイモンド・チャンドラーの小説『リトルシスター』の文庫本を読もうとしたけれども、結局ほとんど読めなかった。

予定の時間より少し早く、看護師が僕を呼びに来た。

「今終わりましたので手術室までお願いします。切り取った乳房、見られますか?」

こういう経験は過去に一度あった。

まだ二十代の頃、父親が胃癌になり胃を三分の二切除した時に、切り取った胃を見たのだ。その後一ヶ月ほどは焼肉が食べられなかったのを思い出した。

「はい、見ます」

手術室の横にある小さなスペースに行き、担当医と対面した。

「手術は無事に終わりましたー。これが切り取った乳房です。先日お伝えしたように、非常に悪性度の高い悪性腫瘍ですね。五年生存率は六十パーセント程度ですー」

（ん？それは前に聞きました。ここで追い打ちをかけなくても・・）

待合所に戻って座ると、自然に涙が溢れてきた。

これから一体何が起こるのだろうか？ミホさんが死ぬ？それは今まで全く考えたことがない。先に死ぬならそれは、自分だろうと。

そこへ、長男のリョウが大学の授業終わりにやって来た。

ミホさんの病気に関して詳しく説明をする。かなり動揺した表情のリョウ。

ミホさんが病室に戻ったということで、僕たちも病室に入った。

「痛いーー痛いーーっ」とミホさんが泣きながら声を出している。

全身麻酔が切れてきているので、とても痛いのだろう。

リョウと二人でミホさんの手を握って励ました。リョウの目からは涙がこぼれていた。


ミホさんはそれから五日間入院して、家に戻った。


退院した時に喜んでもらえるようにと、僕は事前にプレゼントを買っていた。とても美味しくパンが焼けると評判の、バルミューダのザ・トースター。

ミホさんはパンが大好きで、朝食にはいつもいろんなパンを食べていたからだ。

「退院おめでとう！さて、プレゼントがあります。このキッチンのどこかにあります。わかりますか？」

ミホさんがキッチンを見渡す。真新しいトースターを発見して目が大きく輝いた。

「わー、これ、このあいだテレビで紹介してたな、欲しかってん！まじでー、うれしいーーっ」

それからは、毎日嬉しそうにパンを焼いているミホさんを見るのが、僕の楽しみのひとつになった。

退院した週の土曜日、ミホさんが大学時代に組んでいたガールズバンド、パナップのメンバーが塚口駅まで遊びに来てくれた。

パナップのメンバーはミホさんを含めて七人。ミホさんの担当はキーボード（主にシンセサイザー）。今でもとても仲が良く、定期的に旅行などにも行っていて、パナップLINEというグループも作って盛んに交流している。

ミホさんは、

「今日な、パナップLINE見たら未読が百五十件とかになっててなー、びびったわ〜」と、いつも楽しそうに話していた。

遊びに来てくれたのは、カナダ・トロント在住のつじん（ベース担当、この時たまたま帰国していた）、はまさん（ギター担当）、あこ（ギター担当）、ゆみらん（ドラム担当）の四人。

五人は駅前のミッテラン三世というカフェで四時間ぐらい話し込んでいた。話はいつまでも尽きないのだろう。

その日、僕とミホさんは夜にビルボードライブ大阪でヴィンテージ・トラブルの公演を観に行く予定だったので、僕がカフェまで迎えに行き、一緒に阪急電車で梅田方面に向かった。

ゆみらんとつじんは十三で京都線に乗り帰るため降りた。

こちらの電車が発車するとき、ホームでゆみらんが手を振りながら走って追いかけてきた。まるでドラマのワンシーンの様に。

とてもひょうきんな人である。はまさんと僕ら二人は車内でその姿に腹を抱えて笑った。

ビルボードのライブはファイブ・バックスのメンバー二人も同行した。

僕はミホさんと一緒にファイブ・バックスというバンドを組んでいる。

主にエリック・クラプトンの曲を演奏するバンドだ。

メンバーはギター&ボーカルのしんちゃん、同じくギター&ボーカルのこもちゃん、ベースのばばさん、そしてドラムの僕とキーボードのミホさんの五人編成バンド。

もともとは僕が二十代の頃から組んでいたバンドで、付き合い始めてからミホさんが加わり、僕たちの結婚式でも演奏した。当時僕はベース担当だった。

その後、ドラム担当が抜け、僕たちに子供ができたりしたこともあり、しばらく活動はしていなかった。

長男のリョウが高校に入って、シゲコさんからシンセドラムのセットを買ってもらったのを機に、僕もドラムを始めて、バンドを再結成することになった。

二十五年前から通っている甲東園のスタジオで、月一回のペースで練習していて、練習終わりにはいつも、同じビルの二階にある鳥貴族で飲んで食べる。

大抵は練習している時間より鳥貴族にいる時間の方が長い。

ミホさんはいつも金麦の大ジョッキを三、四杯ぐらい飲み、焼き鳥を食べて、はしゃいでいた。

今回のビルボードライブには、しんちゃんとこもちゃんが一緒で、梅田で待ち合わせをし、まずは大阪駅前ビルにある立ち飲み屋さんでビールを飲んだ。

そこで、ミホさんが二人に病気のことを伝えた。二人ともとてもビックリして心配してくれた。

「バンドは続けられるからな、大丈夫やでー」とミホさんがいつもの笑顔で明るく言った。

ライブは圧巻だった。パワフルな黒人リードヴォーカルが客席まで乱入して駆け回り、大いに楽しませてくれた。


五月の頭に、僕らは大正区にある田中屋酒店というところでライブを行った。バンドは三年前から活動していて、今までには『天満音楽祭』というイベントや『あの頃サウンドコンテスト』というイベントに出場していた（コンテストでは、審査員にエリック・クラプトンファンがいたという幸運もあり、特別賞をもらった）。

バンドで五十分も演奏するのは今回が初めてだった。

音楽仲間のハッシンというダミ声でソウルフルなヴォーカリストが、自分のバンドが出演するライブに誘ってくれたのだ。

田中屋酒店は、立ち飲み屋の一角にステージがあるライブ酒店（?）。

この頃はまだミホさんの体調も良く、病気が発覚してから控えていた大好きなビールも、少しだけ飲んでいた。

お店のテレビではプロ野球のデイゲーム中継をしていて、我が阪神タイガース（ミホさんも僕も生粋の阪神ファン）が広島カープを迎え討ち、九点差をひっくり返すという大逆転劇を演じていた。

うん、今日はとてもいい日だ。

とにかく、ステージがある立ち飲み屋さんの雰囲気が最高だったので、楽しんで演奏ができ、二人とも病気のことなんてすっかり忘れていた。

五月九日「再発」

仕事中にミホさんからＬＩＮＥメッセージが入った。

【さっき、気づいたんやけど、またな、しこりが出来てるねん・・・】

【えっ？マジ？】

【ほんでな、もう病院行ってきたんやんか。また手術で取りましょうって言われた。次の手術説明日は十七日で、手術はその一週間後。たけちゃん一緒に行ける？】

【もちろん、行ける。今日、早く帰るわ】

【ありがとう・・】

五月十一日「セカンド・オピニオン（国立病院）」

ミホさんがとても珍しい肉腫という病気にかかったことで、それ以降、インターネットや本屋で肉腫関連の情報を集めた。

その時に東京の築地にある国立病院に「希少がんホットライン」というのがあるのを見つけた。

早速電話して、セカンド・オピニオンという形でその病院に行くことにした。幸い築地の近くには、僕の会社の東京事務所があるので、会議で出張する機会にスケジュールを合わせた。

最初は一人で行く予定だったが、再発したということもあり、ミホさんも一緒に行きたいというので、二人で新幹線に乗って東京に向かった。

子供が三人いると、それぞれにいろんなことがあるので、僕らが一緒に何日か家を空けることがなかなか出来ない。しばらく二人で旅行をしたこともなかったので、小旅行気分の楽しい新幹線の旅になった。

空気が澄んでいて、車窓からは富士山がきれいに見えた。

築地の病院で面談してくれたのは、肉腫の治療経験が豊富という女性の医師だった。

「まずは腫瘍の完全切除ですね、取り残すことなく確実に切除することが絶対必要です」と冷静沈着を絵に描いたような話し方で医師が言う。

「先生、一度乳房全摘切除をしたのに、またしこりが出来ているんです」

「はい、それも完全に切除しなければなりません。そうしなければ血液に乗って肝臓、骨、肺、脳などに転移します。切除は必要であれば筋肉まで一緒に取ってしまうんです」

筋肉まで取る?‥?‥それってハルステッド手術のこと?ハルステッド手術に関して

は、その時に読み始めていた『がん―四〇〇〇年の歴史―』という本に書かれていた。十九世紀後半にハルステッドという医師とその弟子が盛んに行った、ヒステリックなまでに乳房を切除する手術。

それを行っても結局、生存率は変わらなかったという理由で、今はもう行われていないはずの手術。日本の最先端であるはずの病院でこんなことを言われるなんて・・。少しだけ不信感がわいた。

「転移したらどういう治療になるのでしょうか?」

「他のがんと同じく、抗がん剤治療になります」

結局、本やインターネットに書いてある情報以上のものは何も得られなかった。

そもそもセカンド・オピニオンというのは、その程度のもののようだ。二七、〇〇〇円という相談料金を支払って病院を後にした。

僕は東京事務所に向かい、ミホさんは東京に住んでいる大学時代のパナップの仲間、ちゃーちゃんに会いに行った。

ちゃーちゃんはキーボード(主にピアノ)担当で、旦那さんは築地の水産会社で働いていて、時折とても美味しい魚を家に送ってくれる。

会議が終わってミホさんに連絡すると、ちゃーちゃんと有楽町の無印良品（ミホさんはパートで家の近所の無印良品で働いている）のカフェにいるというので合流した。

一時間ほど三人で話しをして、少し買い物をしてから東京駅に行き、キオスクでお弁当を買って新幹線に乗った。

車内で、

「日帰りってまあまあたいへんやなあ。たけちゃん、いつもこんなんようやってるなー」とミホさんに言われた。

「そやろー、結構疲れんねやんか、これがね」

その頃、治療以外の日常ではとても楽しいことが続いていた。

うちの家の庭でバーベキューをしたり、次男タスクの高校最後のバスケットボール県大会があったり。

次男のチームは快進撃を続け、最後は県有数の強豪校と対戦して華々しく散った。

次男はチームの中では一番点を取るエースとして活躍してくれたので、バスケットボールの試合を観るのが大好きなミホさんも本当に嬉しそうだった。

最後の試合の後に、長男がバイトしている駅前の居酒屋で打ち上げをした。試合を観に来てくれていた、ほっこり会の人たちと一緒に。

ほっこり会というのは息子たちのミニバスケットボール時代からのお母さんたちの寄り合いで、基本メンバーはミホさん以外に三人。長男リョウの一つ上の先輩、ショウキの母のミカ。リョウの幼馴染の女の子、ヤスコの母のサクちゃん。次男タスクの同級生、ナオトの母のミカリン。

ことあるごとに集まっては宴会をしているグループだ。

リョウが小学校三年生からのお付き合いなので、もうかれこれ十五年ほどになる。気のおけない仲間との宴会は楽しく、あっという間に時間が過ぎた。

残念ながらミホさんはノンアルコールだったけど。

〜ミホさんの日記から〜

四回戦、村工戦
尼北バスケ部は当たって砕けた
たっすんの十二年間、生まれて十八年だから、たくさんの時間をバスケに費やしてきた
いつもガッツプレー
今日もそれが見れて感無量です
ありがとう、たっすん
あいさつの時、骨折したよしき君の肩を持ってあげるたっすんの姿に
たっすんの優しさを感じた
心優しい子に育ってくれてありがとう
たっすん今日から受験生だー
たっすんの応援団長はまだまだ続くー

再手術の説明を受けるために病院に行った。

「じゃちょっと、しこりを見せてくださいねー」と担当医が言う。

「先生、このあいだより大きくなってんねん」とミホさん。

確かに十日ほどの間に大きさが三倍くらいになっている。

担当医はしこりを触りながら、

「こ、これは・・・取れないですねー」と言った。

「えっ!?」

「この前はね、触ると動いていたんだけど、これはもう完全に定着しているので取れない・・・」

ミホさんが大声で泣き出した。

「いやー、せんせいー取ってーっ取ってほしいーっ」完全に取り乱している。

「いや無理です・・・これを取ると大量に出血してしまいます」

「いやー、取って、ねえ取って、お願いーせんせいー」

ここは僕が冷静になってちゃんと話さないといけない。

「先生、じゃあどうすればいいんでしょうか?」

「この状態だと、放射線治療ですかねー」

そこで僕は、龍野にある最先端の放射線治療が出来る粒子線医療センターのことを思い出した。たまたまパンフレットも持っていた。

「先生、ここはどうでしょうか?がん保険で先進医療特約に入っているので、治療費も出るんです」

この粒子線医療センターでの治療は保険が利かず、治療費は二〇〇〇万円ほどかかる。しかしここは、厚生労働省の指定する先進医療機関に指定されているので、ミホさんが加入しているがん保険が適用される。

「あっ、これはいいかも、早速紹介状を書いてここにファックスします。一旦ロビーでお待ち下さいー」

ロビーに出る。ミホさんはまだ心が落ち着かず、泣きじゃくっている。

ロビーにいる人たちみんなが、僕たちを哀れんだ目で見ている。

「ミホさん、大丈夫や、龍野で最新の放射線治療ができたら治るよ、お金もかからへんし、な」

「う、うん、わかった・・・・わかった・・・そうやな、そうやな・・わ――。」

今回はさすがにショックが大きく、泣き止むことができない。

しばらくして診察室に呼ばれる。

「予約、取れました！来週の二十三日です」

「先生、早速ありがとうございます。ミホさん、よかったな、来週いけるで！」

「うん、うん・・・」


再発して、手術ができない今の状況を、電話でミホさんがシゲコさんに伝えた。シゲコさんは「かわいそう、私が変わってあげたいー」と電話口で泣いていたそうだ。

子供がこういう病気になると、親は当たり前のように悲しいだろう。自分たちの子供に置き換えると、とてもじゃないけど正気ではいられなさそうだ。

～ミホさんの日記から～

滋子さんに告げる、悲しんでた
楽しい毎日やと話してたからホンマに申し訳ない・・・
パナップ、まきまき会、ほっこり、園女グループにも告げる
みんな、優しい
まだまだ一緒にいたい
たけちゃん、伶、佑、瑛ともっともっと一緒にいたいから、
笑っていよう、笑ってたら長生きしそう

五月二十三日「粒子線医療センター」

粒子線とは高エネルギー粒子の流れを持つ放射線で、通常の放射線と違って体の中

をある程度進んだ後、急激に高いエネルギーを発するので、腫瘍をピンポイントでより効果的に攻撃できる。

龍野の粒子線治療センターまでは自宅から車で行くと、高速を使っても二時間弱かかる。電車で行くと最後はバスに乗り継いで二時間半ほど。

車で行こうと考えたが、結局、電車とバスで向かうことにした。

それは僕の弱い心のせいだった。もし龍野に行ってやはり治療ができないということになると、あまりにも動揺してしまい、まともに運転ができないのではないかと考えたからだ。

JRを乗り継いで相生駅まで行き、駅からはスプリング8行きのバスに乗った。スプリング8というのは、高性能の放射光を生み出すことができる大型放射光施設で、ナノテクノロジーやバイオテクノロジーなどに応用するための幅広い研究が行われているらしい。

日本中から研究者がやってくるので、相生駅には新幹線が止まるようだ。

家を朝八時に出て、十時半にセンターに到着した。美しい緑に囲まれた敷地に、老舗旅館のような佇まいの施設が建っている。

多少遠くてもこういう環境なら通院するのもいいな、と思わせるような場所だ。

面談は十一時からだった。放射線担当医として面談してくれたのは、また女性の医師だった。しかもかなり若い。様々な質問を受けたあと、大きくなったしこりを診てもらった。

「うん、なんとかできると思います、粒子線」と医師が言う。

「ほ、ほんとですか！！」

二人で同時に声を上げた。僕たちに希望の光が大きく差し込んだ瞬間だった。

「これから治療計画を立てて行きますので、治療の開始は最速で一週間後になります」

とにかく早く治療を受けたい。ミホさんの胸のしこりはこうしている間にも、どんどん大きくなってきているのだから。

「治療の前に検査を行います。ＰＥＴ検査というのはご存知でしょうか？」

「えーっと、聞いたことはありますが・・」

「放射性薬剤を体内に投与して、特殊なカメラで画像化する検査で、全身の異常を確認することが出来ます。検査はここでは出来ませんので、ポートアイランドにある医療機関で受けてもらいます。三日後、今週の二十六日で大丈夫でしょうか？」

「は、はい！大丈夫です！」

早ければ早いほどいい。

治療ができるという喜びをかみしめながら、センターの前でバスを待っていると、初老の男性が近づいてきて僕らに話しかけてきた。

「帰るのん？ええなあ？わしも帰りたいわ〜、肝硬変がなあ、がんになってしもてなあ、もう十日もここにおるわー、あー帰りたい。ま、とはいえ、嫁さんはワシのことなんか待ってへんけどな、ハハハハ・・」

がん患者というのは人それぞれ本当に大変なようだ。

〜ミホさんの日記から〜

光が差し込んだ
治療してもらえそう。
他に転移していませんように
長い治療になりそう、頑張る！！

たけちゃんの愛が強すぎて、私はしあわせ者だ♡♡♡
ずっとずっとずーっと一緒にいようっと♡
だからはやくー、先進医療で助かりたい！

滋子さん、昼ごはん持って来てくれる
いつもありがとう
こんな優しくてかわいいお母さん、どこにもおらん

五月二十六日「PET検査・セカンド・オピニオン再び」

この日、ミホさんはPET検査のためにポートアイランドへ。

僕は先日提出した病理組織の解析ができたということで、再び築地の国立病院を訪れた。

「組織検査の結果ですね、乳腺間質肉腫という診断ではなく、乳腺葉状腫瘍という結果が出ました。葉状腫瘍の中で上皮成分を含まないものが間質肉腫と呼ばれるのですが、奥さんの場合は葉状腫瘍、つまり上皮成分にも腫瘍が出来ているということです」

「先生、それで治療方針は変わりますか?」

「基本的には同じです。まずは完全切除、転移した場合は抗がん剤治療です」

「先生、あの、免疫細胞療法というのがありますよね、あれってどうなんでしょうか？」

「お勧めしません。あれはエビデンスがない治療法ですから」

間髪入れず、きっぱりと否定された。おそらくそう言われると思ってはいたけれど。

五月三十日「遠隔転移」

今後の治療計画を立てるための検査をするということで、ミホさんは再び粒子線医療センターへ行くことになった。

検査は、朝十時からなので、前日、ミホさんは相生駅前にあるビジネスホテルに宿泊した。僕も一緒に行きたかったのだが、どうしても外せない仕事があり自宅に残った。

検査当日の十一時三分、ミホさんからＬＩＮＥメッセージが届いた。

【粒子線できへんねんて…】
【えっ？？どういうこと？？】
【検査の結果が悪かったみたい・・・転移が見つかってん・・・今は精算待ちしてる】
【わかった、とりあえずそっちに向かうわ】
【もうすぐここ出るで】
【とにかくそっちに向かう、また連絡する】

仕事を速攻で片づけて、慌てて会社を出て、北新地駅からＪＲ東西線に飛び乗った。芦屋で乗り換えて姫路方面に向かう。

ミホさんにＬＩＮＥメッセージを送る。

【芦屋発１２時２８分の快速に乗った】
【私は相生発１２時５０分に乗った】

乗り換え案内アプリで調べると、僕が乗った姫路行き快速電車が十三時七分に加古川駅に到着して、その後にミホさんが乗った三宮行き快速電車が十三時二十二分に加古川駅に着くことになっている。

【加古川駅でそっちの電車に乗る、何番目の車両？】

【前から3両目】

【オッケー！】

加古川駅で降りて向かいのホームに向かい、三宮行きの電車を待つ。時間通りに電車がやってきた。前から三両目、ミホさんが四人掛けのシートに一人きりで座っている。

涙は流してないようだ。少しだけほっとした。

「ミホさん、大丈夫？」

肩を抱く。

「もう、訳わからん・・・」放心状態のミホさん。
「これ・・・」一枚の通知を僕に手渡した。
そこには、こういうことが書いてあった。

・・・・・・・・・・・・・・・・・・・・・・・・・・・・・・・・・・・・・

5/26PET/CT 施工し、胸壁以外には病変を指摘されていません。

しかし、5/23 初診時にご本人から指摘された術創外側の結節の他、昨日来院時にはさらに大胸筋の上腕骨頭側にも新たな結節が出現していました。血行性の転移と思われます。

現在局所再発のみならず、皮下に多発転移があり、しかも次々出現しています。

粒子線治療は準備に最短で1週間、治療期間が最短でも1ヶ月かかります。その間に、治療範囲外に新規病変や遠隔転移（肺、骨、その他）が次々出現すると予想されますが、粒子線治療ではそういった病態には対応できません。

・・・・・・・・・・・・・・・・・・・・・・・・・・・・・・・・・・・・・

転移が次々に出現すると予想されるって・・・。あまりにも衝撃的な内容に言葉が出なかった。

「と、とりあえず、三宮で一旦降りて病院に電話しよう。お腹も空いたしな、三宮でなんか食べよう、そうしよう、うん」

三宮で降りて病院に電話をした。状況を説明して、十六時に担当医と話が出来ることになった。

三宮の地下街に以前二人でランチを食べたことがあるお店があった。

ベトナム人が経営している、本格的なベトナム料理のお店。そこへ行ってランチを食べた。相変わらずボリューム満点の上にとても美味しかった。

ミホさんはショックが大きかったせいもあったのか、何品か食べ残していた。

一旦自宅に戻ってから病院へ向かう。

そして、粒子線医療センターからもらった通知を担当医に見せた。

「そうですか、放射線治療、できないんですかー」

「先生、どうしたらいいですか?」

「そうですね、こちらで治療するとしたら、抗がん剤治療になりますねー、ただ、こちらの病院は抗がん剤の種類が少なくて、適応するものがあるかどうか、しかも、かなり古い抗がん剤でして・・・」

この担当医、なんだか完全に引いているように思える。やはりそれほど難しい病気なのだろうか。ミホさんもそれに気づいたのか、一枚のプリントアウトをバッグから出してきた。

「先生、ここ、ここの病院はどう?肉腫にとても詳しい先生がいるって聞いてん」

それは大阪で一番大きながん専門の府立病院だった。

治療に関しては僕に任せると言っていたけど、自分でもちゃんと調べていたんだ・・・。

「あ、そこ、いいと思います、すぐに紹介状を書いて予約とりますー」

安堵の表情を浮かべる担当医。

大阪の病院の予約は六月二日に取れた。

再発がわかってから約一ヶ月半、まだ何の治療も行ってない。焦りばかりが募る。

六月二日「転院」

病院は地下鉄谷町四丁目駅から徒歩五分のところにある。

診察予約時間は十三時半だったが、事前に採血を行う必要があったので、十二時には病院に着いた。

「きれいなところやなあ」と僕。

「ほんまやなー、なんか気持ちええなあ」とミホさん。

人がたくさん行き交っていて、こういう言い方は変かもしれないけど、何か活気がある。人々の表情もどこか明るく感じる。このきれいな建物のせいだろうか?でも、ここにいる医療関係の人以外は全て、がん患者か、がん患者の家族、もしくは知人ということになる。

採血をして診断までには時間があったので、一階にあるカフェで食事をしてコーヒーを飲んだ。

十三時には診察室の前に座り、名前が呼ばれるのを待った。順番は電光掲示板の受付番号で確認出来る。

かなり遅れているようだ。

結局、一時間ほど待って十四時半に診察室へ入った。

「こんにちは、初めまして。津秋です」

「こんにちは。よろしくお願いします」

またしても女性の医師だ。

しかも二人いて、どちらも美人だ。（マスクをしているので顔の全体はわからないが、名札の写真を見ると、やはり美人のようだ）

少し嬉しくなったことを我ながら恥ずかしく思った。

二人の名字の最初の文字が一緒だったので、主治医をＦ１医師、アシスタントの医師をＦ２医師と呼ぶことにする。

「紹介先の病院からの手紙で今までの経緯は把握しています。検体をいただいていますので、念のためこちらでも病理検査を行いたいと思います」とF1医師。

「先生、やはり手術はできないのでしょうか?」と僕が聞いた。

「そうですね、おそらく難しいと思うのですが、本日、ミホさんの治療方針に関して、外科担当を交えてのカンファレンスが行われますので、そこで手術ができるかどうかの検討をしてみます」

「あ、ありがとうございます!」

さすがに大きな病院は対応が全然違うと思った。

「同時に抗がん剤治療の準備も行いたいと考えています。抗がん剤は肉腫全般に適応すると言われているドキソルビシンで、この薬は三週間に一度点滴で注射することになります。最初は抗がん剤による反応がどう出るかを見たいので、三日間ほど入院してもらって、血液検査、尿検査、細菌検査、レントゲン検査、心電図検査、心エコー調査などをしたいと思っています。いかがでしょうか?」

ミホさんが僕の顔を見る。入院すると家事ができなくなるので、僕が大丈夫かどうかを確認しているのだ。

「そうしたほうがいいんちゃう。大丈夫やで、家のことは」

「ほんま？ ありがとう」

その後、抗がん剤治療の副作用に関する説明を受けた。

「では、入院の手続きをしていただきますので、一階にある入院受付に行ってください」と看護師から指示を受けた。

入院の受付を済ませ、次の週の火曜日からミホさんはこの真新しい病院に入院することになった。

「手術できたらええねんけどなー」とミホさん。

「そうやなー」と僕。

「先生、二人とも美人やったね」

「そ、そうやね、うんうん」

なんか、心を見透かされたようで、少しどぎまぎした。

女性は大抵そうだというが、ミホさんは元々、勘がかなり鋭い。紆余曲折があったけれども、最終的にこの病院に来ることができて本当に良かったと、二人で話しながら帰路に着いた。

六月六日「入院・抗がん剤投与（ドキソルビシン）」

四日分の荷物をキャリーバッグに詰めて、朝十一時に病院へ向かった。

入院受付をする。大部屋が空いていないので、個室になるということ。空き次第大部屋に移ることになるけど、今回は特別、差額ベッド料金はなしで使えるということで、二人とも安心した。

病室は八階にあった。個室はとても広くてきれいだった。トイレ、シャワー完備で大きさは十二畳ぐらいある。

しかも窓が東向きで、大阪城がばっちり見えている。

「ホテルみたいやん！」と僕。

「ちゃうで。病院やで」と若干舞い上がっている僕にミホさんが釘をさした。

しばらくするとＦ１医師が病室にやってきた。

「外科担当とのカンファレンスの結果ですが、やはり手術は難しいようなので、抗がん剤で頑張っていきましょう。今日は血液検査、それからＣＴを撮って、明日から点滴注射します。副作用に関しては先日説明しましたが、もう一度この書類を読んでおいてください」

そこには今回の抗がん剤服用で起こりうる副作用が、箇条書きで書いてあった。

予想される副作用

ア・骨髄抑制（白血球減少、貧血、血小板減少）

イ・心筋障害

ウ・脱毛

エ・悪心・嘔吐

オ・静脈炎

カ・その他

　全身倦怠感、食欲不振、口内炎、肝機能障害などがあります。

「髪の毛、抜けるんやな・・・ウイッグ買いに行かなあかんなあ」とミホさん。

「俺もついでに買おうかな」と僕。

「あほ、急に髪の毛増えたら、みんな驚くで。チョンバレやんか」

「せやな」


入院生活が始まった。僕は家事に関しては、前回の全摘手術の時に経験していたので、かなり余裕を持ってこなすことが出来るようになっていた。

入院の間は毎日会社帰りに病院に寄って、病室の同じ階にあるカフェスペースのカウンターに二人で座って話をした。

主に子供たちの近況報告。

まだ副作用の影響も少ないようだったので、ミホさんはとても元気だった。

入院中は毎朝六時頃、大阪城の背後の生駒山から太陽が昇る写真と共に、家族LINEにメッセージが送られてくる。

【みんな。おはよう!!起きてる?】

病室が東向きで、朝日が直接差し込んでくるので、五時半には起きてしまうようだ。

副作用は特に大きな問題はなく、ミホさんは予定通り四日後に退院した。

僕はその日は京都の大学の学生課に行く予定があったので、退院時だけ立ち会って、家までの送りはシゲコさんにお願いした。

京都の大学の帰りに無病息災の神様で有名な下鴨神社に行き、お参りをして、手ぬぐいとお守りを買って帰った。

ミホさんは一旦退院したが、次の週、今度はがん疼痛緩和のための鎮痛剤の薬量を決めるため、三日ほど再び入院することになった。

鎮痛剤は医療用麻薬と呼ばれるオキシコンチン。今度は大部屋だった。

現在の病状把握のために再びＣＴ検査をした。

六月七日「肝転移」

翌日の夜、僕は会社が終わって病室に行ったが、ミホさんがいなかったので、一人でいつもの大阪城が見えるカウンターに座って缶コーヒーを飲んでいた。そこへＦ２医師がやってきた。

昨日から投与を始めた鎮痛剤の説明を受ける。

「あの、先生、昨日のＣＴの結果はもう出ているのでしょうか？」

「あ、そう、そのことですね、これは明日の診察の時にご本人にもお伝えしなければと思っていたのですが・・」

（また嫌な予感、いい情報ではないな・・・。恐る恐る聞いてみる）

「なにか、ありましたか？」

「あの、どうやら腫瘍が肝臓に転移しているようです」

「肝臓・・・・ですか・・・・」

「はい、肝臓に黒い影があり、おそらく転移だろうと思われます。また明日画像をお見せしながら詳しくご説明します」

「わ、わかりました・・・ありがとうございます・・・」

次の日、F1医師の診察が午後四時にあるということなので、午後三時頃に病院に行った。

病室でミホさんがみぞおちのあたりを押さえながら言った。

「なんかな、このあたりがな、きゅーっと痛いねん」

肝転移のせいかもしれないと思った。

「う、うん。そうか・・」僕のうつろな表情を見て、ミホさんが聞いた。

「どうしたん、たけちゃん、なんかあんの?」

少し迷ったけれど、昨日医師から聞いた話をミホさんに伝えることにした。

「実はきのう、F2先生からちょっとだけ話があってな、肝臓に転移している可能性があるって・・」

「肝臓?・・・そうか・・・たけちゃん一人でそれを聞いてくれたんやな、ごめんな、つらかったやろ」

こんな状況でも、僕のことを気遣ってくれていた。

しばらくして病室の近くにある相談室に呼ばれた。

パソコンでCT画像を見ながら、F1医師が説明する。

「これが先日のCT画像です。ここが肝臓なんですけど、このあたりに影がありますよね」

確かに一部、色の濃い場所がある。大きさは数センチといったところだろうか。

「これは腫瘍が肝臓に転移していると考えてほぼ間違いないでしょう」

ミホさんは画像をじっと見つめながら涙を流している。

「先生、こわい、こわいよ。これからどうなるの？」

「抗がん剤でなんとか進行を食い止めていくしかないです。ここからはどれだけ延命できるか、そのための治療を頑張りましょう」

はっきりと「延命」という言葉が医師の口から出た。ショックを隠しきれないミホさん。

それでも大きく取り乱すことはなかった。あらためて、とても強い人だと思った。

病室に戻り、二人ともしばらく無言だったが、ミホさんが次回の抗がん剤投与のタイミングについてＦ１医師に相談したいと言い出した。

七月一日にまたまたハッシンに誘われて、僕たちのバンド、ファイブ・バックスは寺田町のOTIS BLUEというライブハウスに出演することになっていた。

ほんとに有難いことである。

予定通りの抗がん剤投与のタイミングはライブ当日の二日前になっていたので、できればライブが終わってからの投与にしたいと伝えると、Ｆ１医師は快諾してくれた。

しかもライブに関してとても興味を持ってくれたようで、バンドのことや演奏曲のことなど、いろいろと質問をしてくれた。

「患者さんにとってそういう楽しみは、とても大切ですからねー、他にも旅行に行きたいとか、何かあれば相談してくださいねー」と言ってくれた。

やさしくて、いい先生に診てもらえることができて、本当に良かったと思った。

〜ミホさんの日記から〜

肝臓にも転移していると告げられる
抗がん剤サマ、お願いです〜(T . T)
私を助けて！！
頑張りますから♡♡

しかしたけちゃんは冷静だ
私の前だから？
本をいっぱい読んでるから？
本、すすめてくれるけどあまり読めない・・・・
目の前のことだけで精一杯
この余裕のなさ（泣）
子供らのことちゃんとしてあげたいけど、

明日のことすらわからん。。。

とりあえず明日はバンドやけど♫

六月末、プロ野球の交流戦が終わり通常のリーグ戦に戻る初日の試合、僕は広島のズーム・ズーム・スタジアムで広島カープ対阪神タイガースの試合を観戦することになっていた。

広島には二十年ほど仕事でお世話になっている広告代理店のK氏がいる。いうまでもなくK氏は生粋のカープファンだ。

十五時頃広島に到着し、スタジアムの近所にある源蔵という居酒屋で早くも飲み始めた。店の中はすでにカープファンたちで真っ赤に染まっていたが、僕は怯むことなく黄色と黒のタイガースタオルを首に巻いた。

一時間ほど飲んだ時、テレビから臨時ニュースが流れた。乳がんで闘病中だった市川海老蔵さんの妻、小林麻央さんが亡くなったのだ。

「あー、まおちゃん、死んじゃったんだ」とK氏がビール片手につぶやいた。K氏は僕の妻が悪性腫瘍を患っていることをまだ知らない。

海老蔵さんが沈痛な顔で記者会見をしている。

僕はテレビの画面を直視することが出来ない。

このニュース、ミホさんも家で見ているだろうなあと思った。落ち込んでなければいいのだけど・・・。電話してみようかと思ったが、どういう言葉をかければいいのかがわからず、結局電話は出来なかった。

試合はタイガースのボロ負けだった。先発のメッセンジャーが広島打線に捕まり、五回までに九失点。だめ押しで菊池に満塁ホームランを打たれた時点で僕は完全に諦め、スタジアムにある回廊をウオーキングすることにした。試合結果は十三対三だった。

球場を後にして二軒ほどハシゴ酒をしたあと、K氏と二人でいつも締めによく行く、流川のお粥屋さんへ行った。

ビールを飲みながらタイミングを見はからって、妻の病気のことを話した。

すると、K氏が完全に固まってしまった。目からは大粒の涙が流れている。ビールのグラスを持ったまま、まっすぐ前を見つめながら、

「大丈夫、大丈夫・・・大丈夫です。奥さんは、大丈夫です・・うんうん」となんどもつぶやいている。

僕も目頭が熱くなってきた。K氏は以前、生まれながらに先天性の染色体異常を患っていた息子さんを亡くしている。そのせいで病気に対する感受性が人一倍強いのだろう。

なんだか悪いことをしてしまったような気分になった。

結局そのままお粥も食べず、二人で一時間ほどビールを飲みながら、しみじみと涙を流し続けた。

出張から帰宅すると、ミホさんが家の電話の子機を耳に当てながら泣いていた。誰かと話をしているようだ。

「誰やったん?電話」

「ルミねえ。病気のこと伝えてん、めっちゃ泣いてくれてた・・・」

ルミねえは子供達がまだ小さかった頃、毎年家族旅行で訪れていた宮古島の狩俣地区にあるゲストハウス、ゆくいのオーナーだ。

当時、家の近所にシンゾーさんという、ミナミでレストランを経営しているファンキーなおじさんがいた。

その人が長年の夢を叶えるために宮古島に移住し、僕たち家族は夏休みにそこへ遊びに行くことになった。

その時シンゾーさんに紹介されたのがゆくいで、僕たちはルミねえのキャラクターと宿のゆるい雰囲気が気に入り、三男のテルが小学校を卒業するまで、六年ほど毎年夏休みに訪れた。


ライブの日がやってきた。今回のライブはギター&ボーカルのこもちゃんが仕事のため参加できなかったので、ファイブ・バックスながら、四人でのステージとなった。

ギターが一人いない分、キーボードの役割が重要になってくるので、ミホさんも気合が入っていた。

昼間に梅田のスタジオで練習をする前に、バンドメンバーと近くのサイゼリヤでランチを食べた。

明るく治療の話をするミホさん。本当はかなりキツイ話なのに、ミホさんの話し方のおかげで、メンバーも笑いながら聞いている。

練習が終わり、環状線に乗って寺田町駅で降り、ライブハウスに到着した。僕たちは最初の出演なので、ライブ会場でのリハーサルは最後だった。

「わしら近くの餃子屋に行ってるから、リハ終わったら、君らもおいでや」とハッシンが誘ってくれた。

「やったー、ありがとう！ぜったい行くーーっ」

ここの餃子がかなり美味しいと聞いていたので、メンバー全員楽しみにしていたのだ。

小ぶりな餃子は確かに美味しく、ライブ前なのに若干ビールを飲み過ぎてしまった。

ほろ酔い気分でライブハウスに戻るとパナップのメンバー、はまさん、あこ、ゆみらん、そしてはるばる東京から、ちゃーちゃんが来てくれていた。

ビールが功を奏したのか、そんなに緊張することもなくライブを始めることができた。

ミホさんはこの時にはすでに鎮痛剤の服用を始めていて、朝七時と夜七時に飲むことになっていた。

僕たちのライブは十八時半スタートだったので途中で飲まなければならない。曲と曲の合間、僕がＭＣで、

「キーボードのミポリンのお薬タイムがやってきました」と紹介すると、

「ミポリン、薬飲みまーす」と明るく宣言して薬を飲むミホさん。

お客さんから笑いが起こる。

そのあと、ちゃーちゃんから花束をもらい、とても喜んでいた。

アンコールまでしてもらってステージを降り、パナップのメンバーたちと少し話をしてバーカウンターに向かうと、客席の一番後ろに、どこかで見たことがある女性の二人組がいた。

美人の二人組。一瞬目があったけれども、誰なのかがすぐにわからなかったが、バー

カウンターでハイボールに口をつけた時にわかった。

「先生！来てくれはったんですか！！」Ｆ１医師とＦ２医師だった。

「ミホさん、ミホさん！！」と、パナップのメンバーたちと話し込んでいるミホさんに声をかける。

「先生が、先生が来てるでー！ほら、ほらっ！」

「えーーっ、うそーー、わーー、ありがとうございますー」

二人の優しさを感じて、少し泣きそうになってしまった。

おまけにプレゼントで、メッセージつきのクッキーまで用意してくれていた。Ｆ１医師の傍には大きなチエロのケースが置いてあった。ご自身も音楽をやっていて、今日は参加している市民楽団の練習終わりに来てくれたそうだ。

あいにく、来る時に迷ってしまったのと、スタート時間を勘違いしていて、最後の曲しか聞いてもらえなかったようだが、それでもとても嬉しかった。

ライブハウスの前で二人とミホさんのスリーショットの写真を撮った。

最後に出演したハッシンのバンドは相変わらずカッコよく、またまたお酒が進み、機嫌よく家に帰った。

帰宅すると僕たちの部屋にはすでに布団が二組敷いてあって、その上には三男テルが書いたメモ用紙があった。

「ライブ、お疲れさま。てる」

甘えん坊で泣き虫だったテルもこういう気遣いが出来るようになったかと、ほっこりした気分で布団に入った。

～ミホさんの日記から～

7月1日のライブは、こもちゃん仕事で四人でやり切った

痛みを忘れるくらい、気持ちが高揚してた

念願のひと口ギョーザも食べたし

モーリーさん（ハッシンバンドのキーボーディスト）に私のキーボード、いいですよ

と言われてうれしかったし、

次は五人でライブしたい
またハッシン誘ってくれるかな〜
優しくて頼りになるお兄さんお姉さんばっかり

パナップ来てくれた
ライブ終わって帰っちゃったから、ゆっくり喋れず・・
あこ
はまサン
ゆみらん
ちゃーちゃんフロム東京
ありがとう
心強い応援、いてくれるだけでホッとする
私の一生の友だち

カナダのつじんもさいたまのあきらも
同じ気持ちでライブ応援してくれてた
ありがとう、ありがとう

帰りしんちゃんがお腹すいたって言ってんけど
もう、エンジンかからんかった
ほんまはビールのんでソバかラーメン食べて帰りたかったけど
身体がついていかん・・・・
クソー！！

みんなに助けてもらってライブ無事に終わった
良かった
病院の先生たちクッキー持ってきてくれてびっくりした
感激です

うれしい一日だった

七月三日「抗がん剤投与（セカンドチョイス・エリブリン）」

病院での診察の日。

診察室に入り、まずはライブに来てもらったお礼を言う。

医師から治療に関しての提案があった。

「抗がん剤なんですけど、今の薬がどうやらほとんど効いてないようなんですね。このまま続けるよりは、新しい薬に変えたほうが良いと思うのですが、どうでしょうか？」

「そうですか、効いていませんか・・・。先生、お任せします」

「それでは、次はエリブリンという薬になります。これは一週間ごとに二週連続で打って三週目は休み、また二週連続で打つというサイクルになります。早速今日から始めましょう」

また、副作用の説明を受ける。副作用に関しては前回の薬とほぼ同じ内容だった。

病院からの帰り道、少し気分を変えたいと思った。

地下鉄を南森町駅で途中下車し、最近僕がランチを食べに通っている、ロングウォークという名前のジャズ喫茶（ガラス張りで、内装のセンスもいいお店なので、ジャズカフェと呼んだ方がいいかもしれない）にミホさんを誘った。

スコットランド人の父親を持つ、まだ三〇代半ばの若いマスターが営んでいるお店だ。店名は父親がスコットランドで住んでいたストリートの名前らしい。

僕は、ミホさんが病気になってから一人で食事をすることが増えた。

ミホさんの病気のことを考えていると時々、頭の中がパニック状態になってしまうことがある。そんな時、一人でこのお店に来て食後にコーヒーを飲みながら、アナログレコードでチェット・ベイカーやビル・エヴァンスを聴くと、心がとても落ちついた。

お店の前まで来るとミホさんが、

「えっ?ここ?私、このビルで働いててんで！」と言って目を丸くした。そういえば南森町にあった小さな広告代理店で事務の仕事をしていたことがあると聞いていた。

「しかもこのお店、その頃は古い喫茶店で、私、社長に連れられて何回か来たことがあるねん！」

すごい偶然だ。僕とミホさんの間にはしばしばこういう偶然が起こった。

クロックムッシュを注文して二人で食べた。マスターにもその古い喫茶店のことを伝えて会話が弾んだ。

お店を出ると、

「梅田まで歩こうよ」とミホさんが言った。

「うん、そうしよう」

爽やかな風が心地よい初夏の夕方だった。

ゆっくり歩いていろんな話をし、中崎町の雑貨屋さんに寄り道をしたりして帰った。

〜ミホさんの日記から〜

左局部、どんどん大きくなっている。
退院した時はすこしやわらかくなっていたのに・・
いまは、また硬いようにおもう。
痛み止めでなんとか持ち応えているみたい
抗がん剤打って効果あるだろうか
もう、こわくなってきてる
てるの修学旅行、たっすんの北高祭
この先、入試もあるし、ちゃんと笑顔で励ましたい
でも、このまま、更に大きくなっていってしまったらと思うと・・・
不安でいっぱい、
脱毛なんてどーでもいいくらい、この先のこと心配・・

新しい抗がん剤の副作用の影響はあまりなく、ミホさんの体調もまずまずの状態が続いた。

そんなある日、長男のリョウがバイクで事故を起こし、救急車で病院に運ばれたとミホさんからＬＩＮＥメッセージが入った。

大学からの帰り道、雨でタイヤがスリップして転倒したらしい。

僕はちょうど電車で帰宅している途中だったので、駅に着いたらそのまま直接病院にタクシーで向かった。

なんでまたこんな時に・・・。

病院に着いた時は治療中だったので怪我の状態がわからず、大怪我だったらどうしようと、待合室でドキドキしながら待った。

幸い怪我はそれほどひどくなく、左指を骨折し膝を損傷した程度だった。

〜ミホさんの日記から〜

リョウがバイクでこけて１１９で病院に
他人を傷つけていなくてホッとした
伶、なんでなんやろな、言葉が出ません
優しくて、いいやつだけど、なんでかな・・・わからん・・・
指のケガひどい、ひざ痛い
なんとか早く傷がなおって前進できますよーに
心配やけど、もう、なんもしてやれることがない・・・
リョウを見てると切なくなる
私の育て方、あかんかった・・・
精一杯思ってやってきたけど
私に何かが足りなかった
優しさはいっぱい持ってるから、それは良かったな・・・

七月十三日「セカンド・オピニオン（京都の大学病院）」

ミホさんの病気が発覚したあと、トロント在住のつじんの旦那さん、げんちゃんからメールが届いた。

内容は、「ミホさんの病気はかなり希少なので、個々人に合う治療を行う必要がある。そのためには遺伝子解析をすることが必要なのでは」というアドバイスだった。

知人に京都の大学病院の教授と懇意にされている人がいるので、紹介することが出来るとのこと。早速、遺伝子解析について調べてみた。

解析をしてもらうためには八十万円ほどの費用がかかり、保険は利かない。解析の結果が出ても、その結果に合う薬が使えるかどうかはわからない。

この点を理解して受けるかどうかを決めないといけない。かなり迷ったが、パナップのみんなからの後押しもあり、ミホさんも受けたいというので、京都の病院に予約を取り、大阪の病院からの紹介状を持って行くことにした。

大学病院までは車で名神高速をつかっても、一時間半ほどかかる。

ここはがん専門の病院ではない。施設全体がかなり巨大で、その一角にがん患者専門の棟があった。

受付を済ませ、十二時に専門棟に向かう。十二時半の予約だったが、結局一時間半待たされて、診察室に入ったのは十四時だった（これまでの最長記録更新）。

今回もセカンド・オピニオンということになる。面談してくれたのは、男性のM教授。ネットで調べて顔は認識していた。研究室のチームリーダーをしている著名な教授のようだ。

遺伝子解析に関して詳しい説明を受け、最終的に受けるかどうかの判断は後日連絡をください、ということになった。

患部を見るなどの診察はなく、ここでも三二、四〇〇円を支払って帰った。

せっかく京都まで来たのだから、嵐山あたりにドライブに行っても良さそうなものだったが、お互いにそういう気持ちにはなれなかった。

その週の土曜日、ミホさんをまた悲しませる事が起こった。

しかもそれは、あろうことか、僕の両親がもたらした。

母親から電話があり、こちらに野菜を持ってきてくれるという。父親が家庭菜園で作っている茄子や玉ねぎを。

家に上がってもらい、病状の話などをした後に、母親が僕たち五人家族の名前が書かれた紙を持って話し出した。

「近所の人に姓名判断をしている人がいてね、その人にちょっと見てもらったんよ。たけとしはね、すごくいい。リョウくんも、タッスンもテルちゃんも悪くないみたい・・・」

嫌な予感がした。本当はそこで話を遮るべきだった。

「ミホちゃんだけがね・・・ちょっと悪いみたいなの」

（おい、何を言い出すんや！ただでさえ病気になって辛い思いをしているミホさんに。名前を変えろとでもいうのか？）

「どーでもええやんそんなん、ミホはミポリンやからな、画数なんか関係ないわ」

僕は慌てて、なんか支離滅裂なことを言っている。

ミホさんはずーっと黙っていた。二人が帰った後、夕飯の用意をしながらミホさんが泣き出した。そして怒っている。

「なんなん、あの人!名前が悪いって、どうしたらええん?失礼やわ、私のお母さんにも失礼やし、謝ってほしい──、わ───。もう会いたくない!」

泣き崩れた。

それはそうだ、僕の母親が完全に悪い。

その日僕は、知り合いのお店の周年パーティがあったので梅田に出かけなければならず、後ろ髪を引かれながらも家を出た。

会場に向かう途中で実家に電話をする。母親は留守で父親が出た。

「お父さん、どういうことなんあれ!なんでオカンにあんなこと言わせたん。ありえへんで、最低やわ!」

「すまん、わしも止めたんや、止めたんやけどな・・」

「わかった、もうええわ、オカンに言うといて、後でもう一回電話する」

パーティの途中に抜け出し、再び実家に電話をした。オカンが出る。

「たけとしです」

「たけちゃん、ごめん、おかあさん取り返しつかんことしてしまった・・ミホちゃんに申し訳ない――。私、ほんまにな、できることやったらな、代わってあげたいっておもてるのんよ・・ごめん、ごめんな」と言って大泣きしている。

さすがにこうなると僕も強く責めることができず、しばらくは連絡してこないようにと伝えて電話を切った。

良かれと思ってしたことが、人を傷つけてしまうことはある。それにしても今回のダメージは大きい。


～ミホさんの日記から～

お母さんとたけちゃんと三人でお父さんの納骨堂
子供達はそれぞれに忙しい
お骨が行方不明（T．T）

見つかったけど
お父さん、まだ私を迎えに来ないでね！！お願いです！！

岡本でランチしてからお母さんと猪名寺で別れる
楽しい時間やった
私に負担をかけまいとそのことだけ考えてくれている
お母さんより先に死ぬのはイヤだ！！
頑張る
〜からのパナップ関西組〜♡♡
みんなのことが大好き過ぎる！！
土曜日の朝の話も聞いてもらった、みんな泣いてくれた
もうパナップは家族だ　身内以上に身内です
出会えたことに感謝しています
あこ、あきら、ちゃーちゃん、はまさん、つじん、ゆみらん

みんなのことが
大好き♡♡

明日はてるの三者懇談
てるが体調悪かったら遠慮せんと言うてって言ってくれて、
涙出そうになった
こんな気遣いの言葉をかけてくれる子になってくれてうれしい
勉強キライやけど
好きなことに向かって頑張れ！！
・・・とその優しさ
てるなら大丈夫

七月二十一日 「骨折」

会社で仕事中、夕方にミホさんからＬＩＮＥメッセージが入った。

【骨折した】
【え？は？？誰が？】
【私。右足骨折と左足アキレス腱損傷やねん、駅の階段から落ちてん。両足ギプス…】
【とにかく早く帰るわ】

家に帰るとミホさんは通称〝人をダメにするソファ〟無印良品の「体にフィットするソファ」に体を預けて放心状態。両足に真新しい白いギプスがはめられて、横には接骨医から借りてきた松葉杖が二本立てかけられている。全治四十日だそうだ。こうなった経緯を詳しく聞いてみる。

今日は三男テルの高校で三者懇談があった。

帰宅時、駅のホームに向かう階段を二人で降りている時に電車がやってきた。

「私らそんな急いでないから、あれに乗らんでもええやんな」とミホさんが言って、

「そうやな」とテルが答えたにもかかわらず、あと階段を十段ほど残した場所から、
突然テルが走り出した。

ミホさんもつられて走り出してしまい、足を踏み外して、この大惨事に至ったそうだ。

「私が悪いねん、別にテルちゃんについて行かんでも良かったのに・・テルちゃん、
自分のせいやと思って落ち込んでる。可哀想や・・」

幸い、病院に行くのは週に一回で、大学生の長男も夏休みに入っているので車で連れて行くことが出来る。

家事は入院時と同じように僕がすればいい。

落ち込みながらもミホさんが言う。

「今度の日曜日のくくはちライブだけは絶対行きたいねん。たけちゃん連れて行っ

てくれる？」

「うん、もちろん、行こう！」

くくはちと言うのは、テルが高校のフォークソング部（軽音部）で組んでいるバンドで、日曜日は吹田のエキスポシティで楽器屋さんが主催するライブに出演予定だった。

当日、車でエキスポシティへ向かった。

ミホさんも僕も、まだこのバンドのライブを見たことがなかったので、とても楽しみにしていた。

うちの家にはギターが何台かあり、アンプもあるので、ギター担当の二人がうちにやって来てよく練習をしていた。

その時もミホさんは、お菓子を持って行ったりして楽しそうにお世話をしていた。

ライブ出演時間は十四時半からだったが、エキスポシティでなにかお昼ご飯を食べようということになり、十二時に現地に着いた。

両足ギプスというハンデがあるので、車椅子用の駐車スペースに車を止めて、施設貸出の車椅子を探した。

車椅子はすぐに見つかり、ミホさんを乗せてランチを食べる場所を探した。僕自身、車椅子を押すのは初めてだし、ミホさんも乗るのが初めてだ。

どのくらいのスピードで押したらいいのかわからないでいると、ミホさんが、「たけちゃん、速い、速い、めっちゃこわいねやんかー」と言う。

とても天気のいい日曜日で、施設の中は人でごった返していた。

車椅子を押して進んでいくと、人が次から次に僕らとすれ違う。

これがとても恐いそうだ。

歩いている人自身は、車椅子にぶつからないのはわかっているけれど、乗っている方はぶつかってくるんじゃないかと、ヒヤヒヤするらしい。

なにせ自分ではよけられないし、目線が低いのも怖さを助長させるという。

レストランはどこもいっぱいで入れず、通路にあったフードコートでうどんを食べた。

食べている途中、テルがバンドメンバーと歩いているのを見つけて声をかけたが、僕たちを無視して、恥ずかしそうにそそくさと歩いて行ってしまった。

「なんや、テルちゃん、冷たいなー」とミホさん。

「まだまだ思春期やねんなー」と僕。


テルたちの出番がやって来た。

バンドメンバーが出て来た時に近くの女性たちが、「くはちー！」と声をかけていたので、バンドメンバーのお母さんたちだとわかった。

ミホさんは車椅子&両足ギプスというハードないでたちにもめげず、果敢に、「くくはちのお母さんたちですかー?? わたし、ベースのテルの母ですー」

といいながら近づいていく。

相手は、いきなりこのスタイルの人に声をかけられてすこし戸惑っていたが、すぐに打ち解けて仲良く話し出した。

これだ、この誰とでもすぐ仲良くなれるのが、ミホさんの凄いところだ。

バンドの演奏はなかなか良かった。高校二年生にしては上手なんじゃないかと二人

で褒めた。（親バカかな・・）

次の月曜日は診察の日で、病院で借りた車椅子にミホさんを乗せて診察室に入った。

「ど、どうしたんですか??」F1医師が目を丸くする。

「骨折しちゃった」とミホさん。

「え?両足?」

「左はアキレス腱損傷・・」

「わー、大変ですね、こちらにも接骨医がいるので診てもらいましょうか?」

「あ、それは助かります」

この病院と接骨医院の両方に通うのは大変だったから、これは本当に助かった。

ミホさんが骨折してからの家事は、僕にとっては試練の場となった。

特にキッチン周りの仕事がきつかった。

キッチンは、ミホさんが無印良品のソファに座っている和室から見える場所にある。

僕が料理や洗い物をしているところを、じっと背後からチエックすることができるのだ。

「あっ?」とミホさんの声が。

「え?なに?」

「そのタッパーは、そこに入れるんとちゃうねんなあ」

ほかにも、

「調理の火が大きい」「戸棚の扉の閉め方が雑」「水道蛇口の扱いが乱暴」などなど、背中越しに様々な注意が飛んできた。

しかし、このおかげで僕は、キッチン周りの家事に関してかなり鍛えられ、培われた技術はその後の生活に大きく貢献することになった。


〜ミホさんの日記から〜

抗がん剤1週間延期

つらい
とてもつらい・・

毎日じーっとしてる

ラインと、フェイスブックだけで外とつながっている

たけちゃんの家事のやり方にイライラ・・・
せっかくがんばってくれてるのに・・・
あれこれ全て気になる

やってくれてるだけでありがたいと思わなあかんのに・・
自分が何もできない情けなさと、
悲しい、悔しい、

いろんな思い
この先のことも含めて、不安でいっぱい。。。。
助けて

ある日の夜、ミホさんが浴室から出てきたところでシクシクと泣きだした。

「どうしたん?ミホさん」と僕が聞くと、

「わたし、何にもできへん、いやや、病気になって骨折して、めっちゃ元気やったのに・・・、なさけない、くやしい、わーーーん」

さらに激しく泣き出した。

それに気づいた次男のタスクが二階の部屋から出てきて、階段の中段あたりに座って、ミホさんを見守っていた。

八月に入って、またパナップのメンバーが塚口まで会いに来てくれた。

東京在住のあきら（メインヴォーカル担当）、ゆみらん、はまさんの三人。

僕が車で駅の南側にあるドーナツ屋さんまでミホさんを送っていき、四人はそこで三時間ほど話し込んでいた。

僕が迎えに行くと、ゆみらんが、

「なあ、学校の前まで行ってみようやー」と言い出した。

パナップたちが通っていた短大は塚口駅のすぐ近くにある。

「たけちゃん、かまへん？」とミホさん。

「お安い御用で！」

四人を車に乗せて校門の前まで行き、写真を撮った。

ミホさん以外は卒業以来初めて来たみたいで、

「なんか学生に戻った気分やわ〜」とはしゃいでいた。

〜ミホさんの日記から〜

8月5日はパナップ
ドーナツ屋さんであきら、はまさん、ゆみらんと
楽しかったのに途中痛くて痛くて
とんぷく飲むと眠いし・・・
でも一緒にいると楽しくて、
もっと元気で
ベラベラ喋って笑いたいよー泣

このころから、抗がん剤の副作用が少しずつ出てきた。まずは脱毛。ミホさんは事前に、今までの髪型に近いウイッグを早めに見つけていて、外出するときはそのウイッグをかぶり出した。

まつ毛も抜けてしまうので、隠すためにだてメガネもかけはじめた。

でも、副作用によくある嘔吐の症状はほとんど現れていなかった。最新の効果の高い制吐剤が効いているせいもあるのだろう。

ある朝、左胸原発巣の腫瘍から嫌な匂いがすると、ミホさんが言い出した。僕はほとんど気づかなかったが、確かに近づいてみると少し匂いがする。

腫瘍から浸出液が出ているのが原因らしい。見てみると、腫瘍もさらに大きくなり範囲も広がっている。タンクトップを着ていると腫瘍が見えてしまうぐらいに。

病院で液を止めるための処置をしてもらったが、劇的な効果は得られなかった。

一日に何度もガーゼを張り替えて、自分で処置をしている姿がいたたまれない。

そして、疼痛もあるようだ。痛みは日に日に強くなるようで、痛み止めの薬を二種類に増やしてもらった。

八月十日「遺伝子検査」

遺伝子検査を受ける事に決めて、この日は正式に申し込みを行うために、京都の大学病院へ向かった。

クラクラするほど暑い日だった。

この病院の駐車場はいつも満杯で、二時間待ちとかがザラだったので、まず病院の入り口でミホさんを降ろし、近くのコインパーキングに車を止めた。

そこから病院の建物に行くまでの徒歩で、汗びっしょりになった。

十一時の予定だったけど、この日も結局一時間待たされ、十二時に診察が始まった。

もうこの頃には、僕らは診察待ちには慣れっこになっていた。

「あれ、どうしたんですか？」M教授がミホさんの足をみて聞く。

「骨折しました」とミホさん。

いろんな人から聞かれるので、説明するのが面倒になってきている。

「この度は、遺伝子解析をされるという事ですね。結果が出るのは一ヶ月以上かかる事をまずご了承ください。実績で申しますと、遺伝子解析を受けて、実際に結果に即した治療を受けられる方は、おおよそ二割です」

「二割、ですか・・・？」と僕。

「この解析を受けられる方は、病気が進行している方が多いので、結果がわかった頃にはもう既に体が弱っていて、治療を受けられる状態ではないケースがほとんどだからです」

体が弱っていって治療が受けられなくなる？これから一、二ヶ月でそんな事になるのだろうか？ミホさんは黙って話を聞いている。

「あともう一つ確認したいことがあります」とM教授が言う。

「なんでしょうか？」と僕が聞いた。

「今回の検査で解析した遺伝子異常が、遺伝的に受け継がれるものであるかどうかがわかります。その結果をお伝えするかどうかを決めてください。」

ミホさんの肩が震えて、啜り泣きをしだした。とっさに、もしそうだったとしたら、息子たちに病気が受け継がれることになると考えたのだろう。

「確率はかなり低いと思われますが・・・」とM教授。

「先生、結果は・・・教えて下さい」とミホさんが震える声で言った。

最後に左胸の原発巣を実際に診てもらった。

記録のために写真撮影もする。

M教授は、さすがに医師らしく冷静さを装っていたが、その患部を見て少し表情が硬くなったのを僕は見逃さなかった。

診察が終わり、血液検査をし、看護師の立会いのもと、事前に高額支払いの手続きをしたアメックスのカードでお金を支払った。金額は八十三万円。

一度に支払う金額としては高額すぎるので、さすがに緊張した。なんとかこのお金が無駄にならないようにと祈るばかりだ。

帰りの車中、ミホさんが、

「私、どんどん弱っていくんやろか？ F1先生も、このあいだの診察の時、私がどんどん弱っていくと思っているような口ぶりやったし」と言った。

なんと答えていいかわからず、僕は黙ったままだった。

八月十四日「放射線治療」

原発巣の腫瘍を少しでも小さくできればという願いのもと、放射線治療を施すことになった。二グレイの放射線を三〇回あてて、トータル六〇グレイ。

土日は休むので、六週間かかる計算になる。

お盆休みに入っていたので、とりあえず一週間は僕が毎日車で連れて行くことが出来る。

放射線治療が始まった四日後に、よく仕事を一緒にさせてもらっている、広告代理店のコピーライターFさんが自宅でパーティを開いてくれた。

会の名前は「津秋家を元気にする会」。

仕事仲間のアートディレクターOさん、Fさんと同じ会社の営業局のSさんも集まってくれた。

普段からプライベートでも交流している仲間だ。

次男のタスクは受験勉強があるので参加せず、長男と三男を連れて四人で行くことになった。

当日も放射線治療があったので、四人全員車で病院へ行き治療をしてから、Fさんの家へ向かった。雑誌に紹介されたこともあるとても瀟洒な家だ。

キッチンはオープンキッチン。ミホさんはFさんの奥さんとも仲が良く、久しぶりに会ったこともあり、キッチンの前でとても楽しそうに会話をしていた。

Fさんは何かにつけ凝り性の人で、料理の腕も抜群。ちなみにこの日のメニューは・・・。

・　桃とカマンベール

・　キヌアサラダ

・　人参のマリネ

・　茹でたて枝豆

・シンプルサラダ＆パルメザン
・鳥の唐揚げと煮卵
・ベーコンとプルーンのタルト
・豆腐のバーニャカウダ・セロリとアスパラ
・無限ピーマン
・アボガドと漬けマグロの山葵醤油
・和牛1キロ
・イカスミのフィデウア（Oさんスペシャル）

ミホさんは、一つ一つの料理を写真に撮ってはフェイスブックにアップして、たくさんの「いいね」やコメントをもらっていたようだ。

病状の方が厳しくなっていく一方、夏の楽しいイベントは目白押しで、ミホさんも積極的にいろんな場所に顔を出しいろんな人と交流をしていた。

そうすることで治療を頑張れるということもあったのだと思う。

八月後半の日曜日。昨年急逝した知り合いの方の追悼ライブがあった。

場所は天満橋にあるRaw Tracksというライブハウス。

縁のあるミュージシャンたちが次々にステージに上がり、心のこもった演奏を披露する。

僕とミホさんとしんちゃん（ファイブ・バックス）は最前列のテーブルに陣取った。

出演者の中でもスペシャルだったのは、増田俊郎さん。

ミホさんも僕も若い頃はサーフィンをしていて、海が大好きだったので、増田俊郎さん（マッスン）のファンだった。特別ゲストとして登場し、僕らの眼の前で名曲『終わりのない夏』を歌ってくれた。

ミホさんはライブが終わった後、マッスンと記念撮影をし、フェイスブックで友達になってもらっていた。（誰とでもすぐにお近づきになるのは、やはりすごい才能。さすが、こういうときの動きが速い）

ステージの前で記念撮影をして、その一大イベントは終了した。

八月二十一日「入院・疼痛コントロール」

次の日の月曜日から、ミホさんは疼痛コントロールのために入院することになっていた。

期間は二週間ほど。現在服用している薬では痛みをうまく抑えられていないので、点滴注射の鎮痛剤を打つことになった。

まだ両足が治りきっておらず、放射線治療も続いていたので、入院した方がいいという結論になった。

病室は今回も大部屋。

朝、僕と一緒に車で十時半に病院に行き、血液検査とCT撮影、レントゲン撮影を行った。

病室でミホさんから提案がある。

「今週末、一回家に戻りたい。みんなの顔を見たい。テルちゃんは土日夏フェスやな」

と。

テルは泉大津で開催される夏フェスに泊まりで行く予定だった。

「オッケー。金曜の夕方に車で迎えに来るようにするわ。そしたらテルにも会えるしな」

「うん。ありがとう。外泊は一日だけしかできへんから、土曜に戻らなあかんけど」

家に戻ったところに、ミホさんからＬＩＮＥメッセージが入った。

【なんか秘策があるみたいで、一回病院に戻れば、また土曜日外泊できるんやて。金曜日外泊して、土曜日お昼一回病棟戻って検温とかして、また外泊して日曜日に戻るっていう作戦】

【おーそれいーねー、そうしよう】

【ほんま？面倒臭くない？】

【全然、他に予定ないしね】

【日曜日は２１時までに病院に帰らなあかんから、テルが帰ってくるまで家におられ

へんけど、、キーボードも練習せなあかんしな】

一旦自宅に帰った土曜日の夜、ミホさんの提案で近所の沖縄料理居酒屋、ばっしらいんに行こうということになった。

とても元気なお母さんと娘さんが切り盛りしているお店だ。

沖縄出身の母娘ではないらしいが、ノリはほとんど島人（しまんちゅ）に近い。この長女がたまたまうちの隣に住んでいるというご縁もあり、普段から仲良くしてもらっている。

病気のことを伝えると、お母さんが宮古島の泡盛、菊の露の一升瓶を景気付けで出してくれた。

ミホさんはそのボトルに白いマジックで「病気治して元気になって、これ飲むどー」と書いた。

ミホさんは、予定通り金曜日と土曜日に外泊して、日曜日に病院へ戻った。やはり三男テルの顔を見ることは出来なかったけれど、家で過ごせることは特別の喜びのようだ。

車で病院に送り届けてひとりで家に戻ると、たまらなく寂しい気持ちに包まれた。日曜日の夜に家族で一緒にいられないというのは、とても辛いものである。月曜からの東京出張のときに、前日の日曜の夜から一人で移動してホテルに泊まったときの、切ない気持ちによく似ているなと思った。

ミホさんは月曜日から四日間病院で過ごし、金曜日に家に戻った。


「世界の料理と音楽」というイベントに参加した。

ミュージシャン仲間にボトちゃんと呼ばれている人がいる。ボトルネック・エガシラというあだ名から、普段はボトちゃんと呼ばれている。その名のごとく、ギターのボトルネック奏法がすこぶるうまい。

このボトちゃんがいろんな楽器を駆使して、アジア、インド、ヨーロッパ、アメリカ、アフリカなど、各国の民族音楽を奏でる会だった。

同時に、ボトちゃんの友人で、世界中の料理をレトルトパックにして販売している人がやってきて、厳選した料理をふるまってくれた。

即売会も行われ、楽しみにしていたミホさんは、ガボンという国の「ムアンバ」やケニアの「スマイキ・ナ・ニヤマ・ヤ・ンゴンベ」といった、聞いたことがないような名前のレトルトパックを五種類ほどゲットし、美味しい料理と楽しい音楽を堪能していた。

この頃からミホさんは、取り憑かれたようにいろんなライブや会合に顔を出すようになった。

まるで、いま会っておかないともう会えなくなる人に会いに行くかのように。そして僕は、基本的にミホさんが行きたいと言えば、その全てに同行することにしていた。日によっては体調が悪い（主に痛みがひどい）ときもあったが、それでもめげずに足繁くライブ会場などに通った。

雨の日の土曜日、大正の田中屋酒店でのライブイベントに出かけた。

出演はハッシン率いるハッシン・シッシン・ブルースバンド、ビートルズのコピーバンドのハゲトルズ、そして東京からやってきた女性四人組のブルースバンド、エンジェル・コニー。

それぞれのバンドが素晴らしい演奏を披露してくれた。やはり田中屋酒店は音がいいし、最高のライブ会場だ。

ミホさんもとても楽しそうにしている。

全部のライブが終わって、みんなで飲んでいるときに、ハッシンが、

「十月にこのバンドでライブするんやけど、ドラムがおらへんねん、困ったわ〜」

というと、近くにいた誰かが、

「ドラムやったらここにおるやん」と言って僕を指さした。

「いやいやいや、それはないっすわ、こんなすごい人たちと一緒に演奏はムリムリムリー」

「おっ、一緒にやるか？たけちゃん」とハッシン。

まじか・・・。そこで僕が、

「あっ、それやったらキーボードもセットでどうですか？」とミホさんを指さした。

「えっ？わたし？なにいうてんのたけちゃん！ムリムリムリー」

「おっ、ええやん、ほな夫婦で頼むわな。十月二十七日難波のCassie'sっちゅうライブハウスで。一週間前ぐらいにリハするから、また演る曲送るわ」とハッシン。

そんな具合にトントン拍子（？）に話が進んでしまった。

「もう、ちょっとー、たけちゃんやめてーや、自分が不安やからって、私も巻き込んで、かなわんわー」とミホさん。でも少しだけ嬉しそうでもあった。

「ごめんごめん、ま、なんとかなるやろー」

〜ミホさんの日記から〜

書くことから遠ざかっていた
なにをしても追いつかない
ふつうにしていたい、ふつうの生活がしていたい
いつまでもたけちゃんといたい
いつまでもりょうといたい

いつまでもたっすんといたい
いつまでもてるといたい
ずっとずっと楽しく暮らしていたいのにね・・・

ここからは闘病しながら、ライブに向けた準備をする日々が始まる。

十月七日には再び、OTIS BLUE にファイブ・バックスで出演することも決まっていた。

ミホさんにとっては、病院に通い、家事をこなし、その合間にキーボードの練習をして、他の人が出演するライブにせっせと顔を出し、自分が出演するライブもこなすというハードな秋が始まった。

この怒涛の闘病&音楽漬けライフのメイン・イベントして、九月の末、ビルボードライブに矢野顕子トリオを観に行った。（このトリオ、ドラムはクリス・パーカー、ベースはウイル・リーという超豪華メンバー）

ミホさんは矢野顕子さんを崇拝していたので、トリオがビルボードに来るたびに必ず観に行くことにしていた。今回で三回目になる。

ライブの同伴者として、色々とお世話になっているパナップの大阪在住チームを、お礼の意味を込めて誘った。

ユミらんは残念ながら仕事で不参加だったが、はまさん、あこ、僕たちの四人でライブ会場に入った。

はまさんとあこはこういう場所が初めてのようで、かなり緊張している。

「なんなん、ここ、すごいやん、えーーっ、ステージそこやんかー。わー緊張するわー」とはまさん。

そこでミホさんがすかさず言う。

「そうやろ、たけちゃんな、いっつも自分だけこういうとこで遊んでるんやでー」（いやいや、いっつも違うしね、ま、確かによく来ることは来るけど・・・）

相変わらず体全体から天才ぶりが溢れ出るような、矢野顕子さんの圧巻のライブだった。いうまでもなくサポートメンバーも素晴らしかった。

ライブが終わったあと、会場を出て矢野顕子さんの写真の前で撮ったミホさんの写真は、フェイスブックページのプロフィール写真になった。

ミホさんは矢野さんに刺激されて、キーボード練習に意欲を出している。

ちなみに去年、金利なしの十二回払いで買ったキーボードは、矢野顕子さんが使用しているのと同じ、Nordというメーカーの赤いキーボードだ。


三ノ宮にあるカラスのハーモニカというバーでボトちゃんがライブをするというので観に行った。

三ノ宮は二人のときや家族でもよく遊びに行った。

僕たちの家は大阪と神戸の間にあるので、どちらに行くにもアクセスが良いのだが、遊びに行くとなった時はほとんど三ノ宮に行った。

海と山に囲まれた潮風の吹く街は、とても気持ちが良い。

お店は、阪急の三ノ宮駅から少し山の手に行ったところにある。

阪神淡路大震災の時に全壊した生田神社と老舗ライブハウス、チキンジョージの間にある通りを抜けて行く。

ミホさんは、若い頃によくチキンジョージに来ていた様で（当時追っかけをしていた大江千里さんのライブなどで）、しきりに懐かしがっていた。

ライブまでには少し時間があったので、夕飯をどこかで食べようということになり、すぐ近くにあったベトナム料理のお店に入った。

お店の人もベトナムの人のようだ。

ベトナム風春巻きと焼き飯を注文して、それぞれがフォーを注文する。

結構ボリュームがあったけど、ミホさんはぺろりとたいらげた。体調はいいみたいだ。

小さなバーでのライブはアットホームな雰囲気で、ほっこりしていて、ピースフルだった。

十月最初の日曜日、知り合いの音楽仲間たちが集まって、たこ焼きパーティが開催された。テーブルにたこ焼き機を三つ置いて、それぞれがいろんな具材を使ったやり方でたこ焼きを焼くという催しだ。

たこ焼きを食べた後には、ゲーム大会があった。的当て、玉入れ、ダーツ、剣玉など、大の大人が必死になってゲームを楽しんでいる。ミホさんも子供みたいにはしゃいで遊んでいる。とてもほほえましい光景だった。

僕はその日、自分がリーダーを務めているもう一つのバンド、ラビッツのライブに参加するためパーティを中座して心斎橋に向かった。

十月三日は二十四年目の結婚記念日。外食はせずに、家でゆっくりと過ごそうということになった。

「来年で二十五年やなあ、どっか旅行でもいきたいなあ」と僕が言うと、

「ニューヨーク、それはもう絶対、ニューヨークに行きたい」とミホさんが即答した。

僕らは結婚した年のクリスマスに、ニューヨークへ行った。

昼間は有名な観光地を片っ端から巡った。

エンパイアステイトビル、自由の女神像があるリバティ島、メトロポリタン美術館、一九八〇年にジョン・レノンが凶弾に倒れたダコタハウス前とセントラルパークのス

トロベリー・フィールズなどなど。

そして夜はジャズクラブに通った。

事前にチエックしていたジャズクラブを五日間で制覇するためには、一日に二軒ずつ回らなければならない。

どのクラブでも、一流ミュージシャンたちが素晴らしい演奏をしていたが、僕たちはとにかく眠たかった。

日本との時差は十三時間、体内時計が完全に狂ってしまっていたので、夜はものすごく眠い。

スイート・ベイジルというクラブで観た、リッチー・バイラークのソロピアノライブは、二人ともほとんど眠ってしまっていたのではないだろうか。ピアノの音色が気持ち良すぎたせいもある。

クリスマスイブの日、前から歩いてきた白人のおばさんからいきなり抱きつかれ「Do you love NewYork?」と聞かれたことや、街角で僕が犬の落し物を踏んづけてしまったことなど、ニューヨークで起こったいろんなエピソードを二人で懐かしく思い返した。

「来年、行けるかな・・・」とミホさんが言う。

「大丈夫やって、その頃には絶対元気になってるって」

「お金のことやで」

「あ、そうか、そうやな、よし貯めるぞ！」

さすが主婦、現実的である。

十月四日「分子標的薬投与（ヴォトリエント）」

前回病院に診察に行った時にＦ１医師から、

「どうやら抗がん剤のセカンドチョイスも、あまり効いていないようです。ここで粘るよりは、分子標的薬に変えた方が良いかと思うのですが、いかがでしょうか？」

という提案があった。

僕が読んだ本に、セカンドチョイスの抗がん剤が効かない時は、抗がん剤のやめどきというのが書いてあった。

そしてそれは、治療が困難を極めているということを表しているのもわかっていた。とてもショックだけれども、このまま化学療法の抗がん剤を続けて、ミホさんの体に大きな負担をかけ続けるわけにもいかない。

医師の提案を受けることにした。薬の名前はヴォトリエント。とても高価な薬だ。一カプセルの薬価は四、〇〇〇円。このカプセルを毎日四カプセル飲まないといけない。

最初は副作用の程度を見るために、三カプセルから始めるそうだけれども、それでも一日一二、〇〇〇円！三割負担で三、六〇〇円。治療を始めてからずっと、かさんでいく治療費のことを気にしていたミホさんは、かなり動揺している様子だった。

この日、まずはＣＴを撮って、分子標的薬を処方してもらう予定になっていた。

僕はどうしても仕事の関係で病院に付き添えなかった。

夕方、会社のデスクにいる時にミホさんからＬＩＮＥメッセージが入った。

【ＣＴ撮って診察して、今薬待ち。ＣＴの結果あんまり良くないみたい。来週ご主人

と聞かれますか？って言われたから、そうしますっていうた。キツイ事聞かされると思う】

【うーん、わかった。明日の京都の大学病院の結果と方針に期待しましょう。大丈夫】

【いろいろといっぱいいっぱいで…】

さらに転移が進行しているという事だろうか？次はどこに・・・。

聞くのが恐ろしい。

次の日、遺伝子解析の結果が出たということで、京都の大学病院に向かった。自宅から車まで一時間半、僕はこの時間が好きだった。

二人きりでいろんな話ができる濃密な時間。名神高速上から見える車窓の風景も愛おしく感じられる。

車内のＢＧＭは二人とも大好きなスティング。来日した時には二人でライブを観に行った。

「この曲、大好きやねん」とミホさんが言った曲はスティングのナンバーの中でもかなりマイナーでマニアックな曲だった。

「リズムが面白いやろ」とミホさん。

「ほんまやな、これって何分の何拍子？」と言いながらリズムを検証するのが楽しかった。

診察は十三時、少し早めに到着して、一階にあるレストランでランチを食べた。レストランはザ・食堂という昭和な感じで、二人ともお気に入りだった。味もシンプルで美味しい。僕は味噌ラーメン、ミホさんはオムライスを注文した。

この病院の診察は毎回かなり待たされる。M教授が著名であるというのが理由なのか、週に一回、木曜日にしか診察をしないという事なので、かなりの人が待っている。

予定より一時間遅れてやっと診察室に呼ばれた。

「長いことお待たせしてすいません」（結果が出るのに時間がかかった事への謝罪のようだ）

「いえいえ・・」

「えーと、こちらがその結果になります」と英語で書かれた書類を見せてもらいながら説明を受ける。

遺伝子の異常は三種類あり、そのうちの一つにＴＰ５３という遺伝子の異常があった。

この遺伝子は主に細胞のアポトーシス（自然死）を司る遺伝子で、異常が起こると細胞死がコントロールできなくなり、無秩序な増殖を起こすという事態になる。すべての悪性腫瘍においてこの遺伝子異常が一番ポピュラーらしい。にもかかわらず対応する薬がまだ開発されていないそうだ。

落胆をするしかなかった。最初に説明は受けていたけれど、結果がわかっても治療方法がないという厳しい現実を突きつけられる事になった。

十月七日「ファイブ・バックス、五人でのラストライブ」

不安な気持ちを抱えたままライブ当日を迎えた。

ミホさんの体調は比較的良かった。痛みも少ないようだ。

いつものように梅田のスタジオで練習してからOTIS BLUEへ。

会場でリハーサルを終えて恒例の餃子屋さんに行った。相変わらずとても美味しい。

ライブを重ねることによって僕らのバンドの音もまとまって来たように思う。今回のライブも自然体でできたような気がする。ライブで初めて披露するレパートリー『Little Wing』という曲にミホさんのキーボードソロがあった。

自分で考えたオルガンのソロ。このソロが圧巻だった。こんな弾き方ができるんやと思わせるような、鬼気迫るソロだった。（今でもその時の録音を聴くと鳥肌が立つぐらいに感動する）

最後のバンド、ファンキー・パパのライブの時、ハッシンが「さあ、次はチークタイムですよ」と言ってスローなバラードを歌い出した。

自分たちの出番も終わって、すっかりリラックスしてお酒が進んでいた僕は、すかさずミホさんの手をとってダンスに誘った。

ミホさんは、最初は驚いて嫌がったけど、僕の勢いに負けて、いっしょに踊ってくれた。恥ずかしそうだったけど、すこし嬉しそうでもあった。

そのダンスの様子を、友人のボッチさんがスマホカメラで撮ってくれた。(後にその写真をアコーディオン・プレイヤーのオノリオさんが「美しい写真、僕は未だかつてこれほど美しい写真を見たことがない」というコメントをつけて、フェイスブックに投稿してくれた)

写真は僕にとって大切な宝物になった。

次の日にはアマソニックがあった。ハッシンのバンドが出演する。

このイベントは阪神尼崎駅前で毎年十月に行われている、二日間の音楽イベントだ。会場の周りには飲食コーナーがあり、尼崎の飲食店がたくさん出店している。

ハッシンバンドの出番はなんと朝の十時三十分!メンバーたちのほとんどは昨日のライブにも出演していた人たちで、当然昨日は遅くまでしこたま飲んでいるはずだ。

ギターのシマダさんがステージ横の出演者控え場所にやってきた。

「勘弁してほしいわあ〜、なんでこんな時間やねん」と言いながらもすでに手にはハイボールが握られている。(元気なおっさんらやなあ・・・)

十月にも関わらず、朝からすでに気温二十五度にもなろうかという陽気。真夏のように暑い。

ハッシンのソウルフルなダミ声とサイドヴォーカル、さぁちゃんのキュートな歌声がどこまでも高い青空に溶けていく。

ライブが終わってしばらくは他のバンドの演奏を聴いたり、屋台で食べ物を買って食べたりしたけれど、あまりにも暑かったので昼前には会場を後にして、バスで家に帰った。

昨日のライブと今日の暑さで、二人ともぐったり疲れていたので、夕方まで三時間ほど泥の様に眠ってしまった。

十月十一日「肺転移」

病院での診察日、前回のＣＴ検査の結果を聞く日だ。

いつものように血液検査を済ませた後、診察室の前で呼ばれるのを待つ。

二人でどういう会話をしたらいいのかがわからない。予定時間より三十分ほど過ぎてから診察室に呼ばれた。

にこやかに迎えてくれるF1医師。こちらもにこやかに挨拶を交わす。

「えー、先日のCTの結果なんですけど・・」医師の声と表情が急に深刻になった。

じっと医師の顔を見つめる僕たち。

「こちらが画像なんですが、これが肺ですね、ここに白くなっている部分があるのですが・・腫瘍の転移だと見られます」

確かに、一ヶ月前のCTでは全く見られなかった白い影が、肺にある。しかもかなりの範囲に広がっている。

「肺・・・ですか・・・」と僕が答える。

「そうですね、その影響で胸水も溜まっているようです」

ミホさんの肩が震えている。

「先生、こわい・・・こわいよ・・・・どうなるの?わたし、これからどうなっていくの?」声も震え、大粒の涙が流れた。

しばらくの沈黙の後、

「とにかく抗がん剤でこれ以上の進行を抑えられるようにしていきましょう。ね、諦めず、頑張りましょう」と医師が言った。

「はい・・・わかりました・・・」小さな声で答えるミホさん。

二人とも呆然として診察室を出た。

その日僕は会社には行かず、そのままミホさんと家に帰ることにした。

帰りの電車の中、ミホさんがつぶやく。

「子供たちに、そろそろちゃんと病状を話したほうがええかな・・」

「そうやね・・リョウにはこまめに伝えているけど、タッスンとテルには詳しく話してないからな・・タイミングをみて、まずは俺から話しをするわ」

「お願いします」

〜ミホさんの日記から〜

10月11日
今日は肺に転移していることを告げられる
薬が効いて欲しいけど、どうなっていくのかわからない

大きく息をすると背中が痛い
もうあまり長く生きられないのだろうか・・・こわいな。

たっすん合格するとこ見たい
伶仕事決めて卒業するとこ見たい

てるは心配、進路もまだ決まっていない

ちゃんと進路を決めて、それに向かって頑張れる道筋だけでも
手伝ってあげたいのに
いまのままだと、何もしてあげられないままだ・・・

死ぬことかんがえてしまう。
あかんけど・・・
あかん、あかん！！

1日1日大切にしよう
やれるとこまで頑張って
最後まで明るく楽しく生きたお母サンになれるように

たけちゃんどんな気持ちでいるのかな
心配だ

強い人だけどさみしがりやサンやし
私がいなくなったらどうなってしまうの
たけちゃん残して・・・
考えられないよ
(T . T)

ムリ・・・

世の中にはアマチュアミュージシャンと呼ばれる人たちがゴマンといる。その中でもハッシンのバンドの人たちは、限りなくプロミュージシャンに近い人たちだ。

音楽に向き合う姿勢がとても厳しい。その厳しさを痛感させられたのがライブ一週間前のリハーサルスタジオだった。

土曜日の夜、心斎橋のスタジオで夜の八時からリハーサルを行うということで、ミホさんと一緒に車で向かった。

雨が降っていたけれど、スタジオのビルの前に駐車場の空きがあり、スムーズにたどり着くことができた。

バンドメンバーは、ギブソンのSGを弾くスライドギターの天才、コヤシキさん。同じくギターで、音楽に対する造詣がめちゃくちゃ深い、シマダさん。二人ともハッシンのバンドのレギュラーメンバーだ。ベースはフレットレスベースを操る名手、パプロさん。

ホントにすごい人たちばかり。最初は和やかにそれぞれ楽器の準備をしていたが、いざ曲を演奏する段になるとみんな急に厳しくなった。

まずはドラムの僕が出すカウントにツッコミが入る。

「そのカウントじゃ入られへんで。カウントっちゅうのはどんなリズムで演奏するかを明確にするもんや」とギターのシマダさん。

「よし、じゃ、カウントは全部俺が出すわ」とハッシン。

演奏再開。

「走ってる走ってる!たけちゃん、だんだん速くなってるで、おかずを入れる度に速くなってる」

「あーそれ、リズムちゃうなあ。ここは8（エイト）じゃなく16ビートやでー」

などなど・・・。

一時間ほど練習して休憩。

「たけちゃん、ほんま慌てん坊やなあ、走りすぎやでー」とハッシン。

「そうやねん、慌てん坊さんやねん、わかったー?・」とミホさんが冗談気味に答える。

「ま、もうおかずも入れず、とにかくリズムキープだけを意識して叩いてや」

「わ、わかりました・・」

なんとか練習を終え、帰りの車の中でミホさんが心配そうに僕に言った。

「だ、大丈夫?たけちゃん・・だんだん顔が暗くなっていくのがわかったでー」

「うん、大丈夫。最初はほんまに泣きそうになったけど、なんとかこらえたよ。自分がここから劇的に上手くなることはないから、もう開き直ってアドバイス通り落ち着いて叩くことだけを考える」

「えらい!頑張れお父ちゃん!」

「あいよ！」

そしてライブの日がやってきた。あいにくの雨模様。

地下鉄御堂筋線を道頓堀で降りてライブ会場のCassie'sへ向かった。

内装はアメリカンカジュアルで、こじんまりした、ちょうどいい大きさのレストランバーだった。

「わあ～なんかここ可愛い場所やなー」とミホさんが喜んでいる。

早速、【今日はこんなところでライブします！】と写真付きでフェイスブックに投稿していた。

この日は三バンドの出演で、僕たちの出番はトリだった。

「生まれて初めてのトリやわ～、緊張する～～」とミホさん。

トリなので一番目にリハを終えたあと、ハッシンに連れられてバンドメンバーと近所の有名なたこ焼き居酒屋、味穂に向かった。

みんなでたこ焼きをつまみにビールを飲みながら、またバンド談義が始まる。普段は口数の少ないスライドギターの天才、コヤシキさんが言う。

「バンドっていうのはな、全員で同じリズムを意識して演奏せなあかん。一人だけでも違うことをやってたら、全体のノリがでえへんねん。全員のノリがバチッと揃ったら、それがグループになるんやで」

会場に戻ると客席はいっぱいになっていた。オノリオさん、ボッチさん、みんな来てくれている。そしてファイブ・バックスのしんちゃんも。

一番目と二番目のバンドが演奏している間、僕は客席でギターのシマダさんに拉致され、バンドの演奏に関して解説を受けながら、ありがたい教えを頂くことになった。

「ほら、いまのとこの三連のおかず、最後がもたったやろ、あれでリズムが変わるんや、わかるか?」

うん、なんとなく・・・。

「人が演奏してる時はな、つねに自分やったらこう演奏するということを考えながら聞かなあかんねん、な、いまのところ、たけちゃんやったらどう叩く?」

ずーっと僕の隣に密着して話しかけてくる。ハイボールを片手に。

僕らの前はボトちゃんヴォーカルのスリーピースバンドが演奏。これがまた良かった。ボブ・ディランやクリームの曲を独特の朴訥とした歌い方で歌っている。

ボトちゃんの弾くフェンダーテレキャスターが、テレキャスターらしい、いい音を鳴らしていた。

そしてついに僕らの出番。僕はもうこの時にはシマダさんとハイボールにやられていたので、完全に出来上がっていて気分がハイになっていた。

もう何も考えず楽しむしかない。

ドラムセットから左側を見るとキーボードを弾くミホさんの顔がバッチリ見える。僕は、ほぼずっとミホさんを見ながら演奏していた。

ミホさんも僕と目を合わせて笑顔を返してくる。

それはまるで、これが一緒に演奏する最後のライブになることが、二人にはわかっていたみたいだった。

ザ・デレクトラックスバンドの『Days Is Almost Gone』僕らの日々はほぼ過ぎ去ってしまったという曲。胸にしみる歌詞を噛み締めながらドラムを叩いた。

コヤシキさんのスライドギターが切なく唸る。

ラストにアンコールで演奏した『What's Up』という曲の間奏中にハッシンが、「せっかくやから、ミホちゃんソロいこかー」といきなり言って、ミホさんが臆することなく弾きだした。

ゆったりとしたエレピのソロ。

「ミポリーン！」という声援があちこちから湧き上がった。

僕は泣きそうになった。ハッシンの背中も泣いているように見えた。

一日に二つのライブを観に行くという日があった。

まず昼間は、日本橋にある、にっぽんばし道楽というお店の一角でのライブ。

ここにオノリオさんが率いる「Confunto J」というポルカやテックスメックスの音楽を専門に演奏するバンドが出演する。

本格的な演奏をするので時々海外から出演のオファーがあるらしく、先日もロス・アンジェルスに招聘されてライブをしてきたそうだ。

ライブの前に近くにある、なみ一というお店でランチを食べた。

お蕎麦やさんだが、ランチタイムは日替わりの定食を出していて、この日のランチはミンチカツだった。土鍋で炊いたご飯がとてもおいしい。おまけに女性はワンコインの五〇〇円で食べられるという事で、ミホさんも喜んでいた。

「ええんかな、こんなおばちゃんでも五〇〇円で・・」とミホさんは言っていた。

そこから歩いてライブ会場まで行く。

お店は日本橋らしく様々なもの（おもちゃ、楽器、CD、レコードなどなど）を売っている。

奥に特設ステージが設置されてライブが行われていた。

オノリオさんのバンドは、オノリオさんが弾くアコーディオンとスポックさんという人が弾くBajo Sexto（十二弦のギター型の楽器）を中心にしたバンド。

とにかく跳ねたリズムが楽しい。ベースのパブロさんはハッシンのバンドで一緒に演奏をした人だ。

ライブが始まる前、お店の売り物のギターに囲まれた一角で、ミホさんが一緒に行った近所の友人と何かを話していた。

ミホさんが涙を流している。僕はそれに気づいたけど、その時は近づいていかないことにした。

ライブの帰りにミホさんから聞いたところによると、うちの母親の話を友人に聞いてもらっていたようだ。

「ミホちゃん、辛いと思うけど、たけちゃんのお母さんやし、許す気持ちを持ってあげて」と言われたそうだ。

ミホさん本人もそういう気持ちになってきているると言ってくれた。僕は少し心が楽になった。ありがとう、ミホさん。

一日家に帰ってから、AMI★TAMEさんのライブを見る為に、西宮のレストランバーへ向かった。

AMI★TAMEさんは東京在住のボーカル&ギターのデュオ。ソウルフルで伸びのある艶やかな歌声のアミさんと、とてもシュアで温かみのあるギターを弾くタメさん。

お店に着くと既に超満員。かろうじてステージ前の小さなテーブルが空いていたので、ミホさんとそこに座った。

AMI★TAMEさんの出番の前に、岡本でギターショップを経営しているヨッシーさんのライブがあり、僕らも大好きな、ボズ・スキャッグスやジャクソン・ブラウン、イーグルスなど、ウエスト・コースト・ロックの名曲を尼人（あまんちゅう）というユニットで奏でてくれた。

AMI★TAMEさんのライブも素晴らしく、僕はウイスキーのロックをちょっと飲み過ぎてしまい、いい気分で家路に着いた。

さらに次の日、AMI★TAMEさんが長居公園のアートステージというイベントに出演するということだったので、ミホさんと車で向かった。

そのイベントにはミホさんの短大時代の友達がヴォーカルをしている、たんたかたんというバンドも出演していた。

ミホさんは久しぶりに会った旧友と三十分近く話し込んでいた。

朝はいい天気だったが、AMI★TAMEさんのライブ直前に天気が急変、風が強くなって横殴りの雨が降ってきた。

ステージ上ではスタッフが慌てふためいてテントを設置したり、PAにビニールを被せたりしている。

僕らも近くの東屋のような場所で雨風を凌いだ。

しばらくすると天気は回復し、観客席に戻ると、いつの間にか知り合いの音楽仲間たちがたくさん集まっている。

空から陽が差してきて、雨に濡れたステージに反射し、光が溢れる素敵なライブになった。


超過密スケジュール、音楽漬けの秋の予定はこの日のライブでひと段落。とても忙しかったけど、楽しい日々だった。

でも、その間に肉腫という病気はミホさんの身体をどんどん蝕みつつあり、体調も日に日に悪化していった。

痛み止めの量が増えているので、昼間でも眠気が襲ってくるようだ。

普通に会話しながらも目が閉じていきそうになることが何度かあった。呼吸もしづらい様子で大きく息を吸うと背中に痛みを感じるという。

僕は生まれて初めて、時が止まってくれればいいと思った。

いや、止まらなくてもいい、繰り返してくれればいいのだと。例えばこんな風に‥。

ある朝、僕はコーヒーの匂いで目を覚ます。

ミホさんは台所で朝食を作っている。

「おはよう」

「おはよう」

一緒に朝食を食べながら、朝の連ドラを観て泣いたり笑ったりする。

僕は仕事に出かける。

「今日は早い?」とミホさんが聞く。

「うん、今日は早く帰れるよ。じゃ、行ってきまーす」と僕が答える。

「行ってらっしゃいー」

僕は仕事を終えて帰宅する。

ミホさんが夕食の準備をしてくれている。

今日あった出来事や、明日の予定を話しながら、ビールを飲んで夕食を食べる。テレビで阪神タイガースの野球中継を観て一喜一憂する。

台所を片付けてお風呂に入り、ニュース番組を観る。大きな事件も特にない平凡な一日。

「じや、おやすみー」

「おやすみー」

和室にふたつ並べてひいた布団で眠る。

朝、目覚めると、また昨日と同じ一日が始まっている。僕らはそれに気づかない。その一日を、何度も何度も繰り返す。まるでSF小説のように。

そうすればもうこれ以上、ミホさんの病状が悪くなることはない。そうすれば・・・。

体調は良くなかったけど、ミホさんは予てから計画していて、とても楽しみにしていたパナップとの小旅行、日帰りの篠山マルシェに出かけて行った。

同行はゆみらん、はまさん、あこ。

ゆみらんが家まで車で迎えに来てくれた。

帰ってきてから聞くと、不運なことが続いた一日だったらしい。

朝、ゆみらんが我が家の近所の高速インターを降りたところで、一旦停止不十分のため警察に捕まり、帰りは大渋滞に巻き込まれたようだ。

それでもマルシェはとても楽しかったらしく、僕のお土産リクエストの丹波の黒枝豆を買ってきてくれた。

やはり若い頃からの親友であるパナップメンバーと一緒にいるのが、一番心落ち着くみたいだ。


休日、会社の後輩たちがバーベキューをするために我が家にやってきた。

美味しそうなラム肉が手に入ったので、一緒に焼いて食べましょうと持ってきてくれた。

ミホさんの体調は万全ではなかったけれど、庭でラム肉を焼く一部始終をフェイスブックに投稿して中継をしていた。

焼きあがったラム肉を美味しそうに食べていたが、そのあとはやはり痛みがあり眠気もあったのだろう、ほぼ室内にいて庭には出て来なかった。

それから一週間ほど経ったある日の夜中、ミホさんがしくしく泣いているのに気がついて目が覚めた。

「ミホさん、どうしたん?　大丈夫?」

「わたし、もうあかんのかな?」

「何言うてんの?　大丈夫、大丈夫」

「なんかな、この右肩のところにもできてるねん、しこりが・・・」

「えっ?　肩に?」

恐る恐る触ってみる、確かに、ちょうど肩の上に乗っかるように卓球のピンポン玉半分ぐらいの大きさの固いしこりが出来ている。

「い、いつ気付いたん?」

「今日。さっきちょっと寝返りうったら痛いなと思って触ってみたら・・」

「明日、病院に電話して先生に診てもらお。な、大丈夫、大丈夫」

「これも転移やと思うわ、なんでこんなとこに?　もうわけわからん・・」

僕はそれ以上何も言えなくなった。胸にも痛みがあるので、強く抱きしめてあげることもできない。何もできない自分が歯がゆかった。

本当に、この治療方針のままでいいのだろうか？

どれだけお金がかかろうが、民間療法でもなんでも試すべきではないのだろうか？

わからない・・。

ハッシンのバンドで演奏した曲にオーティス・レディングの『Try A Little Tenderness』という曲がある。

あなたの近くにいる人にすこしだけでも優しくしてください。という意味の曲。

僕はミホさんにちゃんと優しくしているだろうか？

もっともっと優しくできるはずだと思った。

十一月十三日「再転移」

病院での診察日、Ｆ１医師に肩に新しくできた腫瘍を診てもらった。

「これは、転移ですね・・、この位置だと放射線治療が可能ですので治療計画を立てましょう」

「放射線治療ですか・・」

すでに肝臓と肺に転移しているこの状態で、肩の腫瘍に放射線治療を施す必要が本当にあるのだろうか?

「治療のために患部を詳しく調べないといけないので、まずはCTを撮りましょう。来週予約を入れておきます。それと・・もうひとつお伝えしたいことがあります」

「なんでしょう?」

「分子標的薬の方もどうやら効いていないようです。これ以上この薬を続けるのは、体の負担にもなると思いますので、良くないと考えています」

「えっ?じゃこの後の治療はどうするんですか?」

「京都の大学でアフィニトールを処方できるかもと仰っていましたよね?それができれば最後の選択肢としてはあるのかなと思います」

最後の選択肢・・・。

アフィニトールも分子標的薬で、遺伝子検査を受けた結果見つかったＰＩＫ３ＣＡという遺伝子の異常に有効な可能性があると言われていた薬。ｍＴＯＲというがん細胞を活性化させる特定の分子の働きを阻害する作用がある。

通常、肉腫には使われないようだ。

大阪の病院では処方できないが、京都の病院では処方できる可能性があるということだった。

「こちらで紹介状を書きますので、ご予約を入れていただければ良いかと思います」

「わかりました・・・」

すぐに電話して予約は十日後に取れた。

その後、放射線治療の話を聞くために地下の放射線科へ行く。

もうこの段階になってくると、僕もミホさんも何がなんだか分からなくなってきていた。

放射線治療担当のＨ医師は肩の腫瘍を確認して、

「この位置ですと皮膚から近いですので、比較的少ない照射量で済むかと思います。

一回三グレイで十回、トータル三〇グレイですね。前回の半分です」と言った。

言われるがまま受け入れていくしかない。患者としての意思も選択肢もなにもない。

これが標準治療の限界か・・・。

兵庫の粒子線医療センター、東京の国立病院、京都の大学病院、結局どこへ行ってもミホさんの病気の進行を止めるすべはなかった。

そしてこの大阪の病院での治療。現代医療という大きなシステムの中に組み込まれ、ルールに従い治療を進めていくだけ。

患者それぞれの病状に対する態度は、とても冷徹に感じられる。

それに従うことが本当に正しい道なのだろうか?次の薬も効くのかどうか、もう信じられなくなってきていた。

ミホさんの体は確実に弱ってきている。

その状態で体に負担がかかる薬を処方していいのだろうか?

医者たちからは暗に、この後は最後までの時間をどう過ごすか、いわゆる「クオリティ・オブ・ライフ」の話をされているかのように思う。

実際そうなのだろう。その言葉は、その響きとは裏腹に患者にも家族にもあまりに残酷な言葉だ。

肩にできた腫瘍の放射線治療のためのCT・MRI撮影と通常のCT撮影を行う。地下の放射線科でCT撮影を行った後で、撮影室から出て来たミホさんが微妙な顔をしている。

「どうしたん?」

「肩の撮影のためにな、体を完全に仰向けにせなあかんねんけど、今それができへんねん、その体勢をつくろうとするとめっちゃ痛いねん、背中が」

「ほんでどうしたん?」

「なんとか、ギリギリまで体倒してやってもらったけど、なんかあかんみたい」

その後医師から説明がある。

やはりCT撮影がその体勢では不十分だったようで、後日もう一度やってみましょうということになった。

そういえば、夜、家で寝るときも、仰向けにはならずに無印良品のソファにもたれかかって四十五度ぐらいの角度で寝ている。そういうことだったのか・・・。

十一月二十二日「京都の大学病院・アフィニトール」

再び京都の病院に車で向かう。

この日はいつものようにリラックスした楽しいドライブにはならなかった。ミホさんは痛みと睡魔に襲われていて、車の中でもほとんど目を閉じたままだった。時々目を開けて、カーステレオからのスティングの曲に反応し、口ずさんだりはしていたが、呼吸もしづらいのかその歌声は、はかなく小さかった。

病院に到着し、いつものように待合で一時間ほど待たされてから診察室に入るとM教授が神妙な顔で言った。

「お待たせしてすいません、肺に転移している状況とヴォトリエントが効かなかったのはお聞きしています。で、アフィニトールをということなんですが、今日から処方というわけにはいかないのです」

「え?そうなんですか?」

「こういう状況なので少しでも早くというお気持ちは重々わかります。おそらく期待されて来られたんだと思いますが、こちらとしましても、CTを撮ったり、血液検査をしたりして、今の状態を把握してからでないと処方はできません。ご理解くださ い」

「そうですか、わかりました。先生、肺以外にも今度は肩に・・」

「ちょっと触ってみていいですか?あ、これはおそらく肉腫の転移ですね・・とにかくCTの予約をしましょう。それと、これはひとつご提案なのですが、こちらの病院で新たに血液から遺伝子検査をするシステムが始まります。これは前回の検査とはまた少し違っていて、新しい検査結果が得られる可能性もあります。費用は前回の半額ほどでできます。いかがでしょうか?」

「はあ・・・」

もう何を言われているのかがよく分からない。

この段階まできてまた遺伝子検査?とりあえず診察室を出て、担当の看護師から検査の内容を聞いたが、全く頭に入ってこない。

不信感を抱きながら書類をもらい病院を後にした。

その週の金曜日、三男テルの個人懇談があった。成績不良のものだけが親と一緒に呼び出される懇談会。

ミホさんも一緒に行く予定だったが、痛みがひどくなってきたようなので、僕一人で学校に行くことになった。

川西の山の手にある学校なので、寒さが平地に比べるときつく肌を刺す。

じっとしていたら震えがくるような薄暗い教室で、担任の先生とテルと三人での話が始まった。

「テルくんは現在、追試が必要な教科が四つあります。このうちの一つでも追試に合格しなければ、三年生に進級できません」

「は？」

そんな状態なのか？　テルを見た。じっと下を向いている。

「先生、学校での様子はどんな感じですか？」

「そうですね、授業中はあまり集中していなくて、居眠りしていることもよくあります。一番前の席なんですけど」

「そ、そうですか・・」

「どういうことなん?テル」

「オレ、頑張られへんねん、そういう人間やねん」

「はあ?」頭を叩きそうになったがグッと堪えた。

「津秋くん、頑張られへんていうけど、高校受験の時は頑張れたんやろ。なんで今できへんの?」

「オレ、受験勉強してへんで」

「はあ???」

「たまたま受かっただけや」

開いた口が塞がらないとはまさにこのこと。

「とにかく、留年しようが何をしようが、高校だけは絶対卒業させるからな!」と釘を刺した。

まあ、当たり前の話なのだが・・・。テルは俯いたまま黙っている。

十九時頃、帰宅すると、ミホさんは無印のソファに体を預けて眠っている。起こさないようにと思ったが、僕の気配に気づいて目を開けた。

「どうやった？懇談」

伝えたくなかったが、嘘をつくわけにもいかないので、かいつまんで報告をした。

「そうか・・テルちゃん・・・」とミホさんがうなだれる。

息子たち、お願いだから、もうこれ以上ミホさんに悲しい思いをさせないでほしい。

その日の晩御飯は、僕がチャーハンを作って一緒に食べた。

ミホさんはあまり食欲がなく、少ししか食べることができなかった。

夜の十時ごろ、ミホさんが呼吸をしづらく苦しいと言いだした。

「あまりひどいようやったら病院行く？」

「うん・・どうしよう、もうちょっと頑張ってみる」

しばらくしてもまだ苦しそうだったので、一度病院に電話してみた。

病院に行けば、緊急入院という形で痛み止めの処置をしてもらえるとのこと。それ

を伝えるとミホさんは、

「少しマシになったから大丈夫。ゆっくり寝てみるわ」と言い、目を閉じた。

「うん、わかった、おやすみ」

十一月二十五日「緊急入院」

次の日の朝、僕は自分自身の精神を安定させるために、ミホさんがぐっすり寝ているのを確かめてから、家の近くでジョギングをした。

尼崎を南北に貫いている小さな川沿いの道を走った。

ｉｐｏｄでスティングの曲をシャッフルで聴いていると『Let Your Soul Be Your Pilot』が流れた。

ミホさんも大好きな曲だ。自然に涙が溢れてきて、走っているので鼓動が高ぶっているせいもあるのか、声を出して泣き出してしまった。

幸い周りに人はいなかった。折り返して家に向かっている途中、だんだんミホさんのことが心配になってきた。

いま、この瞬間にまた苦しんでいたらどうしょう?

そう思うと気になってしまって、ほぼダッシュで家まで帰った。ミホさんはまだ眠っていた。

九時ごろミホさんが目を覚ました。

いつもよりぐっすり眠れたようで、比較的元気だった。

この日はお昼からシゲコさんとたかちゃんがやってきて、お鍋を作ってくれるという日だった。

リョウが車で迎えに行き、買い物を済ませて十二時ごろに家にやって来た。具材がいっぱいの鶏鍋をみんなで食べた。

ミホさんは二人と会話していても、時々うつらうつらと目を閉じてしまうことが何回かあった。

「薬のせいで眠たいんやね・・・」とシゲコさんがつぶやく。

会話の中でミホさんは、思うように体が動かない歯がゆさを二人に吐露しては、何度も涙を流していた。

やはりこの二人の前だと弱音を吐いてしまうようだ。

二人とも優しく励ましてくれていた。

夕方になり二人を最寄りの駅まで送って行った。

駅に着いたところでずっと謝らないといけないと思っていた、僕の母親がミホさんに対して言った姓名判断のことをシゲコさんに話した。

シゲコさんもミホさんからは詳しく聞いていなかったようで、僕の話を聞いたあと、「でも、たけちゃんのお母さんも、ほんまに心配してたからそう言うたんやと思うよ、気にせんでいいよ、たけちゃん」と言ってくれた。

心が少し軽くなった。優しいお母さんだ。

家に戻って、ミホさんの病状について子供達に話すことになった。

リョウはバイトに出ていたのでタスクとテルと、ミホさんも入れて四人で話をした。

肝臓と肺に転移していること、痛みがきついので薬を大量に飲んでいること。二人とも普段からミホさんの様子は見ているから、あまり良くないことはある程度は分かっていたようだ。

それでもやはりショックはかなり大きいらしく、ずっと下を向いたまま悲しそうな顔でうなずいていた。

夜九時頃、ミホさんがまた息が苦しいと言いだした。背中の痛みも強くなっているらしい。

「病院行く?」

「そうやな、やっぱり行こうかな・・・」

急いで病院に電話して向かうことにした。

緊急入院ということになるらしいので、とにかくすぐ必要なものだけをバッグに入れて車で向かった。

病院に着いて、駐車場に車を入れる時間が惜しかったので、ファサードの前に車を止めていつもの八階の病棟に向かった。

着くと看護師の案内で個室に入った。

すぐに当直の医師がやって来て診察をしてくれた。

「まずは痛みを和らげるために、皮下注射でモルヒネを打ちましょう」と当直の医師。

モルヒネ・・・。

右の脇腹に注射針を刺してモルヒネの点滴が始まった。痛みは和らいできたようだ。

あとは呼吸の苦しさがなんとかなれば・・・。

病状は次第に落ち着いてきた。

「あの、玄関のところに車を駐車していても大丈夫でしょうか？」と看護師さんに聞くと、

「あ、それは一階の守衛室で聞いてください」と言う返事が返ってきた。

守衛室で聞くと、やはり停めっぱなしはまずいとのこと。

しかも、次の日に大阪マラソンがあるため、病院の駐車場は午前〇時から閉鎖されるらしい。

病棟に戻り、ミホさんの様子を確認して、僕は一旦家に帰ることにした。

次の日は爽やかな快晴の日曜日だった。

大阪マラソンに出場する人にとってはベストコンディションかもしれない。大阪城

周辺もマラソンのコースになっているので、病院へは車で行くのをやめて電車で向かうことにした。

阪急電車神戸線梅田行きの電車は、休日の方が混んでいる。

ファミリーやカップルが多く、みんな買い物や食事や行楽に行くような感じで、それぞれとてもハッピーな表情をしている。

ミホさんから頼まれた荷物が入ったバッグを抱えた僕は、車窓から見える秋の雲をじっと見つめながら、ただただ、ミホさんの回復を祈るばかりだった。

予想とは違って病院の周りは閑散とした普通の休日の風景だった。

もうランナーたちが走り去っていった後なのだろう。

病室に入ると、ミホさんは起きていて、顔色も良く元気そうだった。

「どう？」

「うん、この注射のおかげで痛みはだいぶマシになったよ。呼吸も落ち着いている」

「そうかそうか、うん、良かった」

病院にいるという安心感も、病状回復のためには大事な要素なのだろう。

看護師さんがやってきて、ミホさんをお風呂に入れてくれるというので、僕は一旦病室を出た。

病室に戻ると、お風呂に入れてもらったミホさんは、とてもすっきりした表情だった。

「お風呂、めっちゃ気持ちええねん」

「うんうん、良かったなあー」

しばらく話をしてから、家に戻ることにした。

スーパーで晩ご飯の買い物をして帰宅すると、食卓の上にお菓子やケーキがたくさん置いてあった。

テルが家にいたので聞いてみると、ほっこりチームがミホさんの様子を見るために家にやって来たらしい。

そういえば入院したことをまだ知らせていなかった。

スマホを見ると、ミカリンからＬＩＮＥ電話の着信が入っていた。

折り返しの電話をする。

「さっき家にみんなで行ったらテルがいて、ミポリンが入院したって聞いてなー、もう、びっくりして・・。ど、どうなん？」とミカリン。

「うん、昨日あまりに痛みがあったから、夜に病院行って緊急入院してん」

「そうなんや・・ほんでいつ退院できるん？」

「まだわからんなー」

「わかった、じゃ、お見舞いに行くわ。病院とか病室とか詳しいこと教えてな」

「うん、あとでＬＩＮＥメッセージ送るわな」

食卓を見るとケーキやお菓子の他に、宮古島の泡盛『千代泉』が置いてあった。

これは僕らがお土産で渡したものを、大事に取っておいてくれて、持ってきてくれたのだろう。

この泡盛は、数年前に蒸留所の社長でもあった杜氏が亡くなって以降造られていない、幻の泡盛だ。嬉しかった。

そういえば今日は僕の誕生日だ。偶然だと思うけど、プレゼントをもらったと思って有難くいただくことにした。

ミホさんからもＬＩＮＥメッセージが入る。

【たけちゃん、５４歳のお誕生日おめでとう！一緒にお祝いできなくホントにごめんね】

お菓子とケーキと千代泉の写真を撮ってミホさんに送る。

【ほっこりが持ってきてくれたよ。入院したことも伝えた】

【うー残念だ・・・会いたかったな(T.T)】

【お見舞いに来てくれるって】

【うん、うれしい、楽しみやなー】

久しぶりに千代泉を飲むと、宮古島での家族旅行の思い出が頭の中を駆け巡った。

透明度の高いエメラルドグリーンの海でのシュノーケリング、ルミねえのゲストハウスでのバーベキューやオトーリという過酷な儀式つきの大宴会・・・。

そのすべての場面には、ミホさんの大きな笑顔があった。

月曜日の朝、ミホさんからLINEメッセージが入った。

【今日何時に来れる？ 支援相談室の看護師さんがたけちゃんの来れる時間に合わせてくれると言うてはりますが・・・・】

【13時ぐらいには行けます】

【わかった】

会社で事務的な仕事をさっと片付け、病院に向かった。

支援相談室の看護師からの話は退院後についてだった。

退院後は緩和ケアになるが、自宅にいて緩和ケアの医師に来てもらうのか、緩和ケア病棟がある病院に入るのかを決めないといけない。

専門の看護師さんが僕たちの自宅の近所の信頼できる病院と、訪問で来てもらえる医師の資料を持ってきてくれて、説明を受けた。

本人にとっては自宅で過ごすのが一番だと思うが、家族にもストレスがかかるし、慎重に考えた方がいいという話だった。

ミホさんはみんなに迷惑を掛けたくないと思っているようで、しばらく話をしてから病院の方を探すということで進めることにした。

夕方、肩の腫瘍にあてる放射線治療の予定があったので、地下の治療室に向かった。しかし結局、治療はできなかった。放射線を正確にあてるためには、しっかり体を固定する必要があり、そのためには体を真っ直ぐな状態にして、完全に仰向けにならないといけない。

この体勢が今のミホさんにはどうしても取れないのだ。そのぐらい背中が痛いらしい。泣きじゃくりながらミホさんが部屋から出てきた。

「やっぱり、あかんねん・・・どうしても無理、痛いねん」

「うん、わかった、わかった、仕方ないやん」

病室に戻ってしばらくしてから、F1医師が診察にやってきた。

京都の病院では、すぐにアフィニトールを処方できなかった話をすると、

「そのことなんですが、アフィニトールという薬は肺に大きな負担がかかります。

今のミホさんの状況ですと、副作用で肺炎を起こす可能性があり、最悪の場合、肺から出血することも考えられます。確率的には二〇パーセントぐらいです。私としては処方しないことをおすすめします」

ミホさんと目が合うと、僕に向かって小さく頷いた。

「それは・・危険ですね。わかりました、アフィニトールは諦めます」

最後の治療の望みが、これで断たれたことになる。

「先生・・・私もう・・長くない？」とミホさんが聞いた。

ミホさんの顔をじっと見つめながら、F1医師は何も答えなかった。

僕は話を変えようと思い、京都の病院で勧められた血液での遺伝子検査の話をすると、F1医師は、

「なんなんですかそれ!?結局自分達の実績が欲しいだけじゃないですか！」と珍しく声を荒げて怒った。

火曜日は夕方に病院へ行った。痛みは抑えられているようで、ミホさんの表情も比較的明るく、食欲もあるようなので少し安心した。

水曜日。

朝、ミホさんからのＬＩＮＥメッセージ。

【今日はあーちゃんが、夕方ははまさん、あこ、ゆみらんが来てくれることになってる】

【リョウが着替えとかを持って１２時ぐらいに行くよ。病院へ】

【電車やな】

【せやで】

【無事にたどり着けるやろか（笑）】

【さすがに大丈夫やろー】

大丈夫ではなかった。

なかなか来ないという連絡がミホさんからあったので、リョウにＬＩＮＥメッセージで連絡してみた。

【おーい、いまどこやー？】
【やば！梅田着いたのに寝過ごしちゃった】
【は？ほんでいまどこ？】
【西北、特急で向かいます】

終点の梅田に到着したのに気付かず、電車が折り返し、自宅の最寄り駅よりさらに遠い西宮北口駅まで行ってしまったようだ。

誰も起こしてくれないものなのだろうか？

結局一時間遅れで病院に着いたらしい。相変わらずやらかしてくれます、長男さんは・・・。

僕はすこし気分転換をしようと思い、近所の病院の前の公園を十周ほど走り、駅前のエンジョブという、カット&ブローで一、〇八〇円の散髪屋に行ってから会社に向かった。

夕方、病院に行くと、パナップのゆみらん、あこ、はまさんが奈良の有名なお店の柿の葉寿司を持って来てくれた。

病室でわいわいしゃべりながら五人で食べた。

ミホさんも美味しそうにお寿司を二つ食べた。

すこし経ってからＦ１医師が病室に様子を見にやってきた。

僕に話があるというので二人で近くの相談室に入った。コンピュータのモニターを見ながら医師から説明を受ける。

「これは先日新しく撮ったＣＴ画像です。ご本人には伝えてないのですが、この血管の中にも腫瘍ができているようです。」

「血管・・・ですか・・・？」

画像ではよくわからなかったが、心臓につながっている動脈の中にあるらしい。

「ここが詰まってしまうと、血管が破裂する恐れがあります」

もう何をどう答えたらいいのかわからず、ただ頷くだけだった。

「ひとつご家族の方に、確認しておきたいことがあります」

「なんでしょうか?」

「今後、急に容態が悪くなった時ですが、無理やり延命の処置をすることはできます。しかしそれは患者さんにかなりの苦痛を与えることになりますし、延命出来たとしてもおそらく二、三日です。その処置をするかどうかを決めてください」

これ以上の苦痛をミホさんに強いるわけにはいかない。

「先生、延命処置は・・・しなくて・・いいです」

ずっと気になっていたけど聞けなかった質問をした。

「先生・・・いわゆる余命何ヶ月とか、もうそういうことなのでしょうか?」

医師は、少し黙り込んだ後に答えた。

「もう何ヶ月単位じゃないかもしれない」

「えっ?・・・それはもしかすると、年を越せないかも、ということですか?」

「はい、それもあり得ます。ここに来て病気の進行が、どんどん加速しています」

と言いながら右手で斜め上方に曲線を描いた。

「先生、このことはミホには・・」

「伝えない方がいいと思います。ショックが大きすぎるでしょう」

「先生、もう一つ聞いてもいいですか？これはとても答えにくい質問だと思うのですが・・」

「はい、どうぞ」

「最初の病院での全摘手術、あれは失敗だったのでしょうか？腫瘍を取り残したとか・・・、手術の段階でこの病院に来ていれば、結果は違ったのではないかと・・」

「うーん、それはないと思います。今までの経過から判断すると、手術の時点で転移はすでにあったのだと思います」

「そうですか・・・。ありがとうございます。先生、結局、抗がん剤治療はどうだったのでしょうか？」

「正直に申し上げると、ほとんど効かなかったです」

相談室を出た。

歩いている感覚がない。

病室に入ってもミホさんの顔をまともに見ることができなかった。

パナップの三人が、そろそろ帰るということなので、外まで送ることにした。医師から聞いた話を伝えるべきかどうか迷ったけれど、パナップには知っておいて欲しいと思い、大阪城が見えるカフェスペースに行って話をすることにした。

正直なところ一人では抱えきれないと思った。正方形の四人掛けテーブルをとり囲んで座る。そして、三人の顔を順番にじっと見た。

「な、なんなん、たけちゃん、どうしたん?こわいよー」とはまさんが怯えながら言った。

僕はすこし間を置いてからゆっくりと話し出した。

「実は・・さっき主治医から話があって・・ミホはもう、ひと月持たないかもしれないと言われた」三人の顔を見ながら話すと、感情が高まってしまい、途中からは泣きながら話した。

「えっ、なんなんそれ?うそやろ?なんで、なんでなん・・・そんなん・・」

はまさんも泣きだした。ゆみらんとあこも悔しさをにじませた表情で泣いている。

しばらく四人で涙を流し続けた。

僕が病室に戻った後も三人は動くことができず、三〇分ほどそこに座っていたようだ。

病室に戻ってそろそろ家に帰ると告げると、ミホさんは僕の頭をなでながら、「うふ、かわいい、エンジョブカット」と言ってくれた。

木曜日の朝、ミホさんから家族ＬＩＮＥにメッセージが入った。

ミニバスのコーチをしてくれていた、新婚さんのトシちゃんに第一子が生まれたようだ。

【トシコーチがパパになりました】

保育器に入った赤ちゃんの写真も送られてきた。

新しく誕生した命は、ミホさんにどのような感情をもたらしたのだろうか。

僕は、午前中会社に行った後、ミホさんが入院したことを報告するために、アートディレクターのOさんのオフィスに行き一緒にランチを食べた。

Oさんのオフィスは病院からほど近い堺筋本町にある。

船場センタービル内にある古い洋食屋さんでエビフライ定食を食べながら、ミホさんの近況を報告した。

しばらくまともな食事をしていなかったので、エビフライはガツンと胃袋にしみた。

病院に着いてしばらくすると、ほっこりチームがお見舞いに来てくれた。

ミカリン、ミカ、サクちゃん、ヤスコ、ミカの旦那さんだけど、まるで子供のような振る舞いをするタッキー。タッキーの車で来たらしいが、カーナビがかなり古かったらしく、一時間ほど迷ったらしい。

もともとこの病院があった森ノ宮まで行ってしまったそうだ。名称が変わっているからそんなことにはならない筈なのだが・・・。いったいどういうルート探索をしたのだろう?

ま、まず何より驚いたのはタッキーが車を運転できることだったけど。

ミホさんの体調も良く、一時間ほどいっぱい喋って、写真を何枚か撮った。

みんなが帰ってすぐ、ミカリンの旦那さんのケンちゃんがやってきた。

ケンちゃんは僕らの子供たちが所属していたミニバスケットボールチームのコーチをしている。

働いている会社がこの病院の近所にあるらしい。

先ほどのほっこりチームとの会話で疲れたのか、僕とケンちゃんが話をしている間、ミホさんはほとんど眠ったままだった。

一時間ほどでケンちゃんが帰った後、家の近所に住んでいる次男タスクの幼馴染の母親、ケイちゃんがやって来た。ミホさんとは長い付き合いで、心許しあう親友である。

六月にこの病院で治療が始まってからは、何度か付き添いもしてくれていた。ケイちゃんの聞きなれた声に反応して、ミホさんは目を覚ました。

活発な会話はできない状況だったけど、ボソボソと話をしながら、持ってきてくれたチョコレートを二人で食べた。

普段はよく喋るケイちゃんも、気を使っているのか言葉少なだった。

ケイちゃんが帰ると、またミホさんは眠りだした。

僕は、時間も遅くなったので病院を出て家に戻ることにした。

建物を出たところでケンちゃんから携帯に着信が入り、近所で少し飲もうということになった。

ケンちゃんの案内でマルキン酒店という昭和チックな立ち飲み屋さんに入った。

夜にこういうお店に入るのは久しぶりだ。そういえば月曜日からお酒を一滴も飲んでない。瓶ビールを二人で三本ほど空け焼酎を二杯ずつ飲むと、すっかりほろ酔い加減になり、一緒に電車で帰った。


金曜日。

夜中にミホさんからＬＩＮＥメッセージが入り、ボックスティッシュを持ってきてほしいと書いてあった。

朝起きると、とてもいい天気だったので庭に出て空の写真を撮影し、返信とともにミホさんに送った。

すぐにスタンプの返信があったので、体調はいいのだろうと少し安心した。その日は提出する書類があったから、朝、出勤前に病院に向かった。

一階で書類を提出したのち、八階まで上りミホさんの様子を伺うことにした。

病棟に着くと、ミホさんの病室の前がなんだか慌ただしい。

看護師さんが急ぎ足で入っていった。僕も入るとミホさんがベッドの上で息苦しそうにしていた。

鼻につけていた呼吸器を口まで覆う大型の呼吸器に変更し、点滴の量を調整したりして、看護師さんたちが三人がかりでお世話をしてくれている。

処置のお陰で苦しさは一旦収まったようだ。ベテラン風の看護師さんに促されて一緒に病室の外へ出た。

「もしかしたら、あぶないかも?」と看護師さんが言う。

「えっ?どういうことですか?」

「いや、これはあくまで私の経験からくる勘なのですが、ああいう苦しみ方をするときは、あぶないかも。あくまで勘ですけど・・」

「か、家族を呼んだ方がいいでしょうか?」

「うーん、もう少し様子をみてからにしましょう。旦那さん、今日、病室に泊まりますか?」

「なんか、その方が良さそうですね、そうします」

「では、後ほど簡易ベッドを入れますね」

会社に連絡を入れて、僕はそのまま病院に残ることにした。

今のミホさんの状況を知らせるため、長男のリョウ、シゲコさん、自分の父親に電話して、今日から自分は病室に泊まることを伝えた。

病室に戻るとミホさんは眠っていて、それから三時間ほど眠り続けた後に目を覚ました。

呼吸の苦しさは、朝よりは解消されているようだ。なんとか会話もできる。

「昨日・・・先生と・・・話したことがある、あとから・・・聞いといてほしい・・・」

とミホさんが小さな声で言った。

「ん?なんやろ?わかった、聞いておくわ」

ミホさんが、自分のノートに走り書きしたページを指差した。

そこには自分が亡くなったら、お骨を納めて欲しい場所のことが書いてあった。

お墓はいらないので、五年前に亡くなったミホさんのお父さんのお骨を納めている、甲山にある神呪寺の納骨堂に入れてほしいと。

そこなら、長男が通う大学であり、次男が目指している大学を見下ろし見守ることができる。

とても辛かったけれど、その時のことを考えて準備をしておかなければいけないと思った。その時は一ヶ月後かもしれないし、一週間後かもしれない。そんなことは考えたくもないし、認めたくはないけれど、自分の役割はわかっている。

それをちゃんと果たさなければならない。

葬儀を行う場所は決めていた。塚口にあるショットバー・リバーの隣にある小さな葬儀場だ。

リバーは僕が二十代の半ばから通っているバー。

十代の頃からの付き合いの親友が始めて、今は僕のバイト時代の後輩、サトウくんとフクダくんの二人で営んでいる。

オーセンティックで本格的なバーだ。子供ができる前はミホさんと二人でよく通った。

かねてから、もしも僕が先に死ぬことがあったら、隣の葬儀場で式を行って、お通夜の日はリバーを解放してもらってみんなで飲んで欲しい、とミホさんに話していた。

私の時もそれがいいとミホさんも言っていた。

葬儀場に連絡し、リバーのサトウくんにも連絡をする。

サトウくんには直接ミホさんの病気の話をしていなかったけど、ファイブ・バックスのしんちゃん経由で病状は聞いていたそうだ。

もしその時が来たら、お通夜の日にバーを使わせて欲しいと言うと、快諾してくれた。

夜七時ごろ、お姉さんのたかちゃんが仕事帰りに病室に来てくれた。

ミホさんはかなり疲れている様子で、ほとんど会話はできなかった。

たかちゃんも病状の深刻さがわかったようで、ミホさんの手を取って、静かに涙を流していた。

たかちゃんを送って行くついでに病院の外に出て、近くのコンビニで無印良品のパンツとシャツと靴下を購入した。

戻ってきた時に病室の前でＦ２医師と会ったので、ミホさんと何を話したのかを聞いてみた。

「それは、鎮静剤のことですね。痛みにもう耐えられないようになったら、打って欲しいということでした」

「それを打つとどうなるのでしょうか？」

「意識が低下して、ほとんど会話もできなくなります。ご家族の同意も必要ですが、いかがいたしましょうか？」

「・・・・辛いですが、同意します・・・・」

ミホさんはまた痛みがきつくなってきたようで、皮下注射鎮痛剤の早送りをしてもらうために、三十分ごとにナースコールを押していた。

その度に看護師がやってくる。

鎮痛剤は痛みが激しい時には、早送りと言って量を多めに打つことができる。その間隔は三十分以上と決められていた。

ミホさんは痛みに耐えながらも、早送りした時間をノートに一生懸命書き留めていた。その姿がとてもいじらしく、切なかった。

夜中もずっとその早送りが続く。かなり痛いのだろう。僕はその姿を見ているだけで何もできず、もどかしさだけが募った。

そして、いつのまにか眠ってしまった。

朝の六時ごろ目をさますと、ミホさんは起きていて、必死でノートに何かを書きとめている。

その後、スマホから家族LINEにメッセージを送ってきた。

【母さんもうむりかもはよ会いたい】

【ごめん】

それに気づいた次男タスクから、一時間後にＬＩＮＥメッセージが入った。

【すぐ行く】

これが五人家族で交わした最後のＬＩＮＥメッセージになった。

僕からシゲコさんに連絡して、息子たちも今から来るからすぐに来て欲しいと伝えた。

ミホさんは再び眠りだした。眠りながらパジャマを脱ぎだし、患部に貼っているガーゼを自分で剥がし出した。腫瘍が露わになった。

慌てて僕がナースコールを押すと、すぐに看護師さんがやって来て直してくれた。意識が朦朧としているようだ。

八時すぎに息子たちが到着。タスクが他の二人を叩き起こして、着の身着のままで車に乗り込み、リョウの運転でやって来たらしい。三人ともほぼパジャマ状態だ。

みんなでミホさんのベッドを取り囲んだ。

「ミホさん、みんな来てくれたよ。ほら」

ミホさんは、相当痛みが激しいようだったが、子供達の顔を見ると、絞り出すようなか細い声でひとりずつの手を取り話し出した。

まずは長男のリョウに、

「リョウは・・卒業と・・・就職な・・・たのむで、がんばりや・・」

次は次男のタスクに、

「タッスンは・・・大丈夫・・大学、ぜったい受かるから、だいじょうぶ・・・」

そして三男のテルに、

「テルは・・・進級と卒業な・・・ごめんな・・・何もできへんくて・・ごめん・・・」

三人ともミホさんの手を握りながら号泣し、

「わかった、わかったー」

とただただ大きく頷くばかりだった。

話をして少し疲れたのか、ミホさんはまた目を閉じた。

三兄弟は朝ごはんを食べてなかったようなので、一旦病室を出て一階のコンビニに向かった。どんな時でもお腹は減るようだ。

十時頃、シゲコさんとたかちゃんが到着した。

今度は六人でミホさんのベッドを囲んだ。

「ミホさん、シゲコさんとたかちゃんが来たよ」

というと、ミホさんはゆっくりと目を開けた。

お姉さんのたかちゃんに、

「たかちゃん、お母さんを、たのむな・・・たのむな・・・」

「うん、うん、わかった、まかしといて・・・」とたかちゃん。

シゲコさんには、

「お母さん、ありがとう・・・ありがとう・・・ごめんな、ごめんな」

「うん、うん、ええよ、ええよ」すすり泣くシゲコさん。

最後は僕に向かって、

「たけちゃん、楽しかったね・・・」と言った。

「うんうん、楽しかったね、ごめんな、宮古島にもう一回連れて行ってやれなくてな、ごめんな。ずっと一緒やで、いつまでも一緒におるで！」

うなずくミホさん。

全員が、さらに一段と激しく泣き出した。

そして、ミホさんは僕の目をじっと見て言った。

「たけちゃん・・・ええかな、もう、ええかな・・・」

鎮静剤のことだ。

「うん、昨日先生から聞いた。いいよ、いいよ、よう頑張ったな、頑張ったな」

シゲコさんには、まだ鎮静剤の話をしていなかったので、説明をすると同意してくれた。ナースコールを押すと、Ｆ２医師が病室に来てくれた。土曜日なのに出勤してくれていたのだ。

「先生、鎮静剤をお願いします」

「いいんですか？今日この後、面会の人とか来られます？」

「はい、何人か来ると思います」

「その方たちとは、もうちゃんとした会話ができないようになると思いますが、大丈夫でしょうか？」

「はい、大丈夫です。みんなには僕が説明しますので」

「わかりました。では、今から準備いたします」

看護師さんたちが準備をしている間、ミホさんが何か飲みたいという仕草をしたので、リョウがミホさんの大好きな午後の紅茶を買ってきた。

それをストローで美味しそうに飲むミホさん。

その場が少し和み、リョウが「おいしい？」と聞くと、小さく頷いた。

鎮静剤投与の準備が整い、F2医師が病室にやって来た。

機器の設定をチェックしてから、再度こちらに確認をする。

「それでは、投与を開始します。よろしいですね？」

「はい、お願い致します」

鎮静剤の名前はミタゾラム。まずは、一時間に二ミリリットルを静脈注射で投与して様子をみるらしい。

投与が始まると、痛みに耐えていたミホさんの表情が少し和らぎ、すーっと静かに眠りだした。本当にもう会話ができないようになるのだろうか？

お昼を過ぎて、ミニバス出身のタイキ、マサト、ナオト、ほっこり会のミカリン、ミカ、トウコちゃん、ヤスコがやって来た。

同じタイミングでケイちゃんと同じ仲良しグループのヨーコちゃんもやってきた。ケイちゃんたちには、しばらくロビーで待ってもらうことにした。

三兄弟はミニバスチームと少しじゃれあってから、塾とかバイトとか、それぞれの用事があるので帰って行った。

ミニバスチームに、鎮静剤を投与し始めたことと、今の病状を話した上で、病室に入ってもらった。

みんなでミホさんのベッドを取り囲み、静かにその姿を見つめている。あまりに静かだったので、僕がみんなの近況を質問したりして一時間ほど過ごした。

ケイちゃんとヨーコちゃんに入ってもらった三十分後には、パナップのゆみらんとはまさんがやって来た。

続々と人が来る様子を見かねて、シゲコさんが僕に、

「ミホ、大丈夫かな？こんなにたくさん人が来て、疲れへんかな？」と言った。

シゲコさんの心配はよくわかるけれども、ミホさんにはできるだけ多くの人に会っておいて欲しいと思ったので、みんなには時間を短めにしてもらえるようにお願いし、病室に入ってもらった。

夕方、ファイブ・バックスのメンバーがやって来た。しんちゃん、ばばさん、こもちゃんとこもちゃんの奥さん。前もって僕が今の状況（余命の話など）をＬＩＮＥメッセージで詳しく送っていたので、到着するなりしんちゃんが号泣している。

待合所で、

「ミホちゃんは・・余命のこと、知ってんの？」としんちゃんが聞く。

「ちゃんとは伝えてないけど、ある程度はわかっていると思う・・・。今日、息子たちを呼んで、一人ずつと話をしてもらった」

病室に入って、

「ミホさん、ファイブ・バックスが来たよ」というと、ミホさんがわずかに左手を上げて反応をした。目は閉じたままだった。

そしてそれは、この日初めてのリアクションだった。

ミホさんの、バンドへの思い入れの強さが伝わってきた。

ファイブ・バックスのメンバーが帰って行き、病室には僕一人だけが残った。しばらくは簡易ベッドに座って、ミホさんの姿を見ながらボーッとしていたが、ミホさんのノートが目に入ったので、今朝、必死で何かを書き付けていたページを見てみた。

そこには、朦朧とした意識と覚束ない手で書いた走り書きが幾つかあった。


〜ミホさんのノートから〜

りょー
たっす
てる
強い子に
なんでも

とーさんと
相談して
きみらなら
　やれる！！

ずーと
　おえんしてる

おかーさん
　ねーちゃん
　ありがと
困ったら
　たけちゃん
　相談して

そーだん
パナップ
大すき
ぱなっぷ
生春や
ありがと
いつも
そばに
宝や

らくに
　なりたい
なんでも
　ええから

その日の夜は、ミホさんも苦しむようなことはあまりなく、時々看護師さんが機器のチェックをするぐらいで、穏やかな夜だった。

呼吸や心拍をチェックする機械はナースステーションにあり、遠隔で見張っているらしい。

トロント在住のパナップメンバー、つじんからフェイスブックでメッセージが届いた。明日の朝、スマホのカメラを使用したビデオ通話でミホに話しかけてもいいかな、ということだった。

朝七時に目がさめた。いい天気だ。ミホさんはぐっすり眠っている。

お腹が空いていたので一階のコンビニでおにぎりを買って、大阪城が見えるカウンターで食べた。

十二月三日「スーパームーン」

トロントのつじんと約束していた九時、ミホさんに何度か声をかけてみたが、まったく反応しなかった。

つじんにメッセージでその旨を伝えた上で、ビデオ通話を始めた。

トロントの自宅にいるつじんの姿が映った。トロントは夕方らしい。互いにあいさつを交わしたあと、僕はベッドのそばまで行き、ミホさんにスマホの画面を向けた。

「ミホさん、つじんやで、電話が繋がってるで」

反応しない。

スマホからつじんの声が聞こえてきた。

「ミホ〜、つじんやで〜、おはようー。カナダからかけてるよー。ミホ〜」

まだ反応しない
「ミホさん、つじんからやでー。電話やでー」

もう一度つじんが声を掛ける。

「ミホ〜、ミホ〜、おはようー。つじんやでー、おはようー」

その時だった。ミホさんの左手がゆっくり動き、スマホの画面にむかって手を振るような仕草をした。それは、ほんの一瞬だった。

「つじん、見た？見えた？手が動いたで！！すごいな！すごいな！ミホさん、わかってるで！」

「うん、うん、見えた、見えた！ミホ、ありがとう、ありがとう」

そのあとはもう反応をしなくなったミホさん。

つじんにお礼を言って電話を切り、ミホさんがパナップあてにノートに書いていたメッセージをカメラで撮って送った。

【一生の宝物です。ありがとう】

というメッセージが返ってきた。

十一時ごろ、ミホさんが痛がるような仕草を始めた。ナースコールを押すと、F2医師が病室にやってきた。

「すこし苦しそうですね。鎮静剤の量を倍にしようと思います」

「わかりました。お願いします」

ミタゾラムの一時間の投与量を四ミリリットルに増やしてもらった。

病室の外でF2医師に質問をした。

「あの、このあと、どういうことになっていくのでしょうか?」

「そうですね、意識が低下して行って、呼吸する力も衰えていきます。まだお若いし、心臓もそれほど弱っていないので、一日、二日ということはないと思いますが・・」

「そうですか・・・わかりました」

十二時半にシゲコさんが来てくれた。僕は金曜日からずっと同じ服を着ていたので、付き添いをシゲコさんにお任せして、天満橋の無印良品に行くことにした。

エレベーターで一階に降りたところで、ミニバス時代の親同士のO夫妻と会った。お見舞いに来てくれたのだ。

O夫妻はミホさんが最初に手術をした家の近所の病院で働いている。そのまま二人だけで行かせるわけにはいかないので、一緒に病室へ戻った。

その後、ミニバス卒業生のマサト、ツバサ、ほっこり会のミカリン，サクちゃんが次々とやってきた。ほぼ同じタイミングで、しんちゃんとマキさんも来た。

マキさんはミホさんのOL時代の職場仲間で、定期的に会っているとても仲のいい友達。ファイブ・バックスがライブをする時には、必ず観に来てくれていた。

この二人、独身同士なので、ミホさんと僕は二人をくっつけようといろいろ画策していたのだが、なかなかそこは思うようにはいかなかった。

この人数を見て、またシゲコさんが心配したらいけないと思い、病室はミカリンにお任せし、シゲコさんを誘って、しんちゃん、マキさん、僕の四人で一階のカフェに行くことにした。

日曜日なので、病院の一階はほとんど人影がなく、カフェのお客さんは僕たちだけだった。

僕はお昼ご飯をまだ食べていなかったので、カルボナーラを注文して、食べながら四人で喋った。

天気も良く、ガラス張りのカフェには外光が入り、なんだかほのぼのとしたいい時間だった。

シゲコさんは二人のことが気に入ったようで、とても話しやすい、と言っていた。勘違いしているかも？と思い「この二人夫婦じゃないよ」と僕が言うと、「あら、そうなの？」とちょっと驚いていた。

僕は、寝不足のせいで少し頭がクラクラしていたが、気分がハイになっていて、いつもより饒舌になっていた。

ミカリンから、そろそろ病室を出る、という連絡が入ったので八階の病棟に戻った。病室に入ってマキさんが呼びかけたが、ミホさんの反応はなかった。

マキさんが、ミホさんへのプレゼントで矢野顕子さんのニューアルバム『Soft Landing』のＣＤを持って来てくれた。

あいにく病室にはＣＤプレイヤーがなかったので、聞くことはできなかったけど、ミホさんのベッドのそばに飾ることにした。

二人が帰るタイミングで、朝に行けなかった天満橋の無印良品に行こうと思って一緒に病院を出た。

三人で話をしながら天満橋まで歩いて駅で別れた。買い物を済ませて病院のすぐ手前まで戻って来た時に、シゲコさんから電話が入った。

「たけちゃん！ミホがすごい熱を出してんねん！今どこ？」

「え？あ、も、もう病院の下にいるからすぐ上がります！」

走って院内に入り、エレベーターを待った。エレベーターが一階に来ると、ちょうどそこにミカリンとサクちゃんが乗っていた。

「な、なんかミホさんの容態が急変したみたい、一緒に来てくれる？」

三人で急いで病室に行くと、看護師さんたちが慌ただしくベッドの周りを動き回っている。

シゲコさんもオロオロしていたが、ミカリンとサクちゃんに、

「ごめん、ちょっと遠慮してほしい。家族だけにしてほしい」と言った。

二人が病室を出る。

「手を握ってあげてください」と看護師さんが僕に言う。僕はミホさんのベッドのそばまで行って、手を強く握った。

「ミホさん！ミホさん！」何度も叫び続けた。反応はない。

「ミホさん！ミホさん！」手を握りながらスマホを取り出して、長男のリョウに電話をかける。

「リョウ、今どこ？」

「バイト中」

「すぐにタッスンとテルを連れて病院に来て！」

「わ、わかった！」

「ミホさん！ミホさん！ミホさん！」また呼び続ける。

看護師さんが、ミホさんの口元に顔を近づけて、腕を取りながら静かな声で言った。

「呼吸が止まりました。脈拍もありません」

「えっ!?えーーーっ!?」

早い、早すぎる、なんで??もう少し、あとほんの少しだったかもしれないけど、一緒にいられる時間はまだあると思っていた。

あまりのあっけなさに唖然としてしまって、涙も出てこない。現実感が全くない。

覚悟はしていたはずなのだが・・・。

ミホさん、ほんまに?男四人を残して?嘘やろ?ありえへんで!目を開けてほしい、笑ってほしい。

もう一度手を握って名前を呼んだ。まだわからん、息をするかもしれん、目を開けるかもしれん、な、元気やったやんか、いつも元気なミポリンやったやんか!

当直の医師がやって来て、正式に死亡判断をするという。

瞳孔をチェックして、呼吸と脈拍を確認し、腕時計を見ながら言った。

「ご臨終です。ただいま、十二月三日の午後四時三十八分。確認いたしました」

静かな最後だった。苦しむこともなく、眠るように・・・。

その時、深い悲しみの中にも、かすかな安堵の気持ちがあったのは確かだった。

それは、もうこれ以上ミホさんが苦しむことは無い、と思ったからだった。

（ほんまによう頑張ったな、ミホさん。ありがとう、ありがとうな）


体に装着している機器を外すということで、僕とシゲコさんは一旦病室を出た。出たところの待合室に、ミカリンとサクちゃんが座っていた。

二人の前にしゃがみ込み、手を取って、

「あかんかった、あかんかったわ・・・」と言った。

二人とも、状況がうまく飲み込めないような表情をしている。

立ち上がり、そのままふらふらと歩きながら、大阪城が見えるカフェスペースに向かった。すると、窓の外に、目を疑うような光景が広がっていた。

大阪城の背後に、濃いオレンジ色の巨大な球体が浮かんでいる。

一瞬、それがなんなのか、理解できなかった。


月だ。

信じられないぐらい大きい。

ミホさんは僕たちにとって、太陽のような人だった。これからは、月になって僕たちを見守ってくれるという強い意思を感じた。

そこに確実にミホさんがいる。

「ミホさん、月になったんやな・・・」と思わずつぶやいた。

この時やっと、溜まっていた涙が溢れ出てきた。

あとで調べてわかったことだけど、次の日、十二月四日〇時四十七分の満月が、二〇一七年で最も地球に近づいた満月だったらしい。

その瞬間の月は地球との距離を最短に縮めようとしていたのだ。

まるで、月がミホさんを迎えに来たみたいじゃないか。

三兄弟が病院に着いた。

ほどなくして、たかちゃんも到着。

ミホさんを囲んでみんなでひとしきり泣いたあと、それまで膝をついて座り込んでいた次男のタスクが立ち上がり、

「よっしゃ、みんな、頑張るぞ！母さんと約束したこと、ちゃんとやろうぜ！」と力強く言った。

「よっしゃ！」と長男のリョウが続き、

「うん」と三男のテルが応えた。


死後の処理で体をきれいにしてもらえるということで、全員、再度病室から出てカフェスペースに行った。

窓から見える月は、赤みを消しながらどんどん輝きを増し、今では直視すると目を細めてしまうぐらいに眩しかった。

「すごいな、月」と僕が言うと、

「そうやねん、月が出て来た時な、高速道路から見えて、みんなでめっちゃびっくりしててん。わ、でっかーって」とタスクが興奮気味に話した。

自宅から車で病院に向かうと、高速道路を東向きに走ることになる。そうすると月は必然的に真正面から昇ってくる。

僕が見ていたオレンジ色の大きな月を、同じ瞬間に三兄弟も見ていたのだ。しばらくみんなでぼーっと月を眺めていたが、三人はお腹が空いたらしく、コンビニ行ってくるわ、といって一階に向かった。君ら、またかいな・・・。

葬儀屋さんとリバーに電話をした。リバーは月曜日が定休日で、明日お通夜をするなら休みでも開けて貸切にしますよ、とサトウくんが言ってくれた。

むしろその方が都合がいいらしい。

月曜日に通夜をして、火曜日に葬儀をすることに決めた。

電話、メール、LINEメッセージなどで、真っ先に伝えるべき人達に連絡をした。

病室に戻ると、体をきれいにしてもらったミホさんは、穏やかな表情で二度と目覚めない眠りについている。とても美しい顔をしているなと思った。

当直の医師からの説明があるということで、僕とシゲコさんは相談室に入った。

「カルテを一通り見させていただきました。肉腫というとても希少な悪性腫瘍。この病気は、何か特定の原因があって発症するものではありません。適正な表現ではないかもしれませんが、交通事故に当たったようなものだ、と思ってもらうしかないです。戦う相手が悪すぎました」と言われた。

「交通事故・・・ですか・・・」

突然襲ってきた不運ということか・・・。それをどう受け入れたらいいのだろうか。

葬儀屋さんがミホさんの遺体を引き取りに病院へやってきた。

病室のベッドから葬儀屋さんのストレッチャーにミホさんを移し替えて、エレベーターで一階の駐車場に向かった。

駐車場を出る際に、ずっとお世話をしていただいた若い看護師さんに、「最後まで丁寧なご対応、ありがとうございました」とお礼を言った。看護師さんは静かに頭を下げた。

僕はミホさんを後部に乗せた葬儀屋さんの車の助手席、三兄弟とシゲコさんとたかちゃんは、リョウが運転する家の車に乗って自宅へ向かった。

病院を出てすぐの信号で止まった場所からも月がくっきりと見えたので、おもわずスマホを取り出して写真を撮った。

そして、「ミホさん、やっとおうちに帰れるよ」と車の後部に向かって声をかけた。

帰るルートは違っていたけれど、二台の車は同じタイミングで自宅に到着した。

ミホさんはリビングルームに寝かせることにした。リビングの広さは十畳あるので、この部屋のことをみんな『十畳』と呼んでいる。

ミホさんがそう呼び始めてみんなに浸透した呼び方だ。

「女性の方、服を着替えさせてやってください」と葬儀屋さんに言われて、シゲコさんとたかちゃんが手伝ってくれた。

服はミホさんがお気に入りでよく着ていた、紺色の水玉のシャツと淡いスカイブルーのセーターにしてもらった。

葬儀屋さんとあれこれ段取りの話をする。葬儀は平日に行うので、僕の仕事関係の方々に迷惑がかからないように、親しい友人と家族だけの葬儀にさせてもらうことにした。

でも、通夜はできるだけ多くの人に来て欲しいと思った。葬儀屋さんに、

「お通夜、何名ぐらい来られますかね?」と聞かれて、

「百~百五十人ぐらいですかね」と答えると、

「それではこの式場では狭いので、系列のもっと広い場所の方がいいのではないでしょうか?」と提案された。

「いや、ここじゃないとダメなんです」というと葬儀屋さんは怪訝な顔をして、「そうですか・・・。わかりました」と言った。

ここじゃないとダメな理由はあえて言わなかった。

時間も遅くなったので、リョウにシゲコさんとたかちゃんを家まで送っていってもらうことにした。

すると、車が車庫から出る時に「パーン!」という大きな音がした。外に出てみると、

右後方のタイヤが見事にパンクしている。

縁石に乗りあげたのだ。

「わっ、やってもうた！やってもうた！」とパニック状態の長男。

音を聞きつけて外に出て来た次男と三男がその姿に指をさして、

「わ、やりよった！やりよった！」と言いながら爆笑している。

仕方ないので二人にはタクシーで帰ってもらった。

『十畳』にあるパソコンで、通夜と葬儀でかける音楽のプレイリストを作ることにした。

バンドで演奏した曲やミホさんが大好きだった曲を集めたプレイリストと、矢野顕子さんのピアノ弾き語り曲を集めたプレイリストを作った。

そして、来てくれた方が通夜の後にリバーに寄って一杯飲んでもらえるように、ミホさんの写真を貼り付けた案内のチラシも作った。

十二月四日「通夜」

朝から天気が悪く小雨が降っている。次男のタスクは学校を休みたくないと言い、通常通り登校した。

タスクの高校とテルの高校にミホさんのことを電話で連絡した。

リョウも大学の用事があるといって出かけて行った。

僕はリバーの店内をミホさんの写真で埋め尽くそうと思い、パソコンから写真を選んで、次々にプリントアウトしていった。

昼前に僕の父親がお昼ご飯を買って持ってきてくれた。

ほっこり会のミカリンとその息子マサトがやってきて、アルバムから過去の写真を選ぶ作業を手伝ってくれた。

リョウの幼馴染ヤスコもきて、僕と一緒にパソコンにある写真を選んでくれた。

リバーでの飾り付けは、ヤスコやマサトのミニバス卒業生チームにお願いすることにしていた。

十四時半、葬儀屋さんの車が迎えに来て、ミホさんと一緒に葬儀場に向かった。

到着してすぐ、司会の女性と段取りの打ち合わせをする。

この女性、デフォルトで顔が泣いている。鼻の頭が真っ赤で、泣きはらしたみたいに目が充血して腫れている。もしかしてミホさんの知り合い？と思ったが、そうではなさそうだった。

ミホさんの赤いキーボードNordも一緒に会場に搬入した。それがずっと会場の端に置かれているので、

「祭壇に飾ってください」というと、

「あ、誰かが弾くわけではないのですね」と勘違いをしていたようだ。

Nordは祭壇の真ん中、ミホさんの写真の前に置いてもらった。

十六時半ごろリバーを見に行った。

ミニバス卒業生たちが十人ぐらいでワイワイ言いながら写真の飾り付けをしてくれている。嬉しかった。

ミホさんは常々、「ミニバスの子はみんな自分の子供みたい。わたしはいっぱい子

供がおって幸せやわー」と言っていた。

きっとこの子供達を見て喜んでいることだろう。

通夜は十八時からで、十七時ぐらいから参列の方たちが集まりだした。

まず、はじめに来てくれたのは、広島のK氏だった。

突然の訃報にもかかわらず、わざわざ広島から駆けつけてくれたその優しさに、胸を打たれた。

そのあとは、僕の会社関係、ミニバス関係、近所の友人たち、学校関係、音楽仲間たち、そしてパナップメンバー、続々と集まってきた。

狭い式場はすぐに一杯になり、入れない方たちは二階のスペースでモニターを見ていただくことになった。お坊さんのいない無宗教の通夜。

昨晩作成した矢野顕子さんのプレイリストを、僕が持参したボーズのスピーカーで鳴らした。その美しいピアノとやさしい声は、ミホさんの通夜にぴったりとフィットしていると思った。

家族の焼香が終わり、参列の方たちの焼香が始まる。

僕と三兄弟は起立して一人一人に頭を下げた。

次々と参列の方が現れ一向に途切れる気配がない。

一体何人来てくれているのだろう？　あとで葬儀屋さんに聞いたところでは、百五十個用意していた会葬礼があっという間に無くなり、次の日の分で補填したとのこと。

しかも、途中から学生さんには渡してないということだった。

「おそらく二百五十人ぐらいは来られたのではないでしょうか？」と。

すごいな、ミホさん。みんなに愛されてたんやな。

人が途切れた辺りでちょうど十九時になり、僕が来ていただいたみなさんに、マイクを使って喪主の挨拶をした。

少し落ち着いたところで、リバーに様子を見に行くことにした。

外に出ると雨はすっかりあがっていて、今夜も月が輝いている。いまは地球から遠ざかりつつあるその月は、それでもまだ十分に明るかった。

リバーの中は意外に人が少ない。

「サトウくん、どうやった？　みんな来てくれた？」

「津秋さん、シャレなりませんわ。さっきまですごい人でしたよ、ほんまに。びっくりしました。ぼくら、一時間ずっとお酒を作りっぱなしでしたからね」

「そうか、そうか、よかった、みんな来てくれたんやな。よし、わしにもボウモアのロックを一杯ちょうだい」

サトウくんは少し呆れた顔をしながらも作ってくれた。ボウモアを一気に煽る。潮の香りのアイラウイスキーが身体中に染み渡り、緊張と疲労がすっと抜けていった。

飾りつけは素晴らしかった。

店内所狭しと、ミホさんの写真で埋め尽くされている。

宮古島の海での家族写真、長男の大学での僕とのツーショット・・・。僕と知り合う前の写真も何点かあった。幼稚園児に囲まれて楽しそうに笑っているミホさん。（ミホさんは幼稚園の先生をしていたことがある）

バブル全盛時代、ワンレン＆ボディコンのミホさん。そして、ニューヨークのティファニーの前でポーズをとるミホさん。

仕事でお世話になっている方たちや会社の後輩たちがリバーにやってきて、一緒に飲み始めた。

リョウが、ミホさんがお気に入りだったテキーラをストレートで五杯ほど注文し、お母さんと飲む、と言って式場に持って行った。

僕も便乗してテキーラを一杯オーダーした。

ミホさんがよく飲んでいたジョージ・クルーニーがオーナーのブランド、CASAMIGOS。とてもまろやかで美味しかった。

そのあといろんな方と話をしたが、そこからの記憶がイマイチはっきりしない。相当飲んだのは確かだ。式場に戻った頃には千鳥足で歩いていたらしい。

深夜〇時を回っているにもかかわらず、式場には若者たちがたくさん残ってくれていた。

最後は二階の冷蔵庫にあったビールを祭壇前に持ってきて、ミホさんにもお供えし、みんなで一緒に飲んだ。

そうこうしているうちに時間は二時になり、僕と三兄弟は式場の二階の親族控え室で雑魚寝状態になって寝た。

十二月五日「葬儀（お別れの会）」

朝十時。「あー腹減ったー」というリョウの声でみんな目がさめた。

確かに空腹だ。

誰かが駅前でマクドナルドを買ってくるということになり、三兄弟でじゃんけんを始めた。結局リョウとテルが二人で行くことになった。

「おれ、ビッグマックとダブルチーズバーガー」とタスクが言うと、「いま朝マックの時間やからビッグマック売ってへんで」とリョウが答える。

買ってきた朝マックを四人で食べた。全部で三、七五〇円。（おいおい、君ら食べすぎやろ。こんなことしてたら、わしら破産するで。我が家のキビシイ財務担当はもうおらんのよ）

お風呂に入りたいからということで、三人は一旦帰宅した。

一人になった僕はミホさんがいる一階の式場に降りて行き、祭壇の前の椅子に座り、

ｉｐｏｄで矢野顕子さんのプレイリストをかけた。
ニューアルバムのタイトル曲『Soft Landing』が流れた。この曲、歌詞が微妙にいまの状況とシンクロしている。

♬あー頑張った
私の心離さなかった
あ〜願うのは
抱きとめるから
柔らかな着地
Soft Landing♬

大きな悲しみの波が突然襲ってきた。
一人で声を出して号泣してしまった。
ようやく気持ちが落ち着いてきた時、まだ連絡をしていなかった方がいたことに気づき電話をした。

宮古島のルミねえ。ミホさんのことを伝えると、ルミねえは電話口で泣きだした。つられて僕も泣いた。

再び祭壇の前の椅子に座って、昨日のことを思い返した。そういえば夜の間、三男のテルの姿を全く見かけなかった。

どうやらずっと二階の控え室で寝ていたらしい。

ここ最近ミホさんと一緒に過ごす時間が長かったのはテルだった。

僕が仕事から帰ると、二人でテルの好きなRADWIMPSやBUMP OF CHIKENの曲をかけながら、楽しそうに一緒に歌っていたことがよくあった。

昨日の夜、テルにとって感情をコントロールする唯一の方法は、眠ることだったのだろうと思う。

十一時ぐらいから葬儀に参列される方たちが集まり出した。

平日の昼間にもかかわらずコピーライターのF氏やMカメラマン（僕たちは、この人の主催するキャンプに家族で参加するのが楽しみだった）も来てくれた。

予定通り十二時から葬儀が始まった。
葬儀というよりこれは「お別れの会」と呼ぶべきだろう。
デフォルト泣き顔の司会の女性がミホさんの一生をダイジェスト的に紹介してくれたあと、僕がマイクを握り司会進行をした。
特に親しかった方たちから、お別れの言葉をミホさんに語りかけてもらうためだ。
ほっこり会のミカリン、ミカ、サクちゃんの三人
ファイブ・バックスのしんちゃん
近所の大親友、ケイちゃん
僕の中学・高校時代の同級生、ハッタくん（ハッタくんとはお互い結婚してからも家族ぐるみのお付き合いをしていて、一緒に宮古島の海で遊んだこともある）
ミニバスを代表してマサトくん
そして、パナップ（トロントのつじん以外の五人）
それぞれが、思いを込めた温かい言葉をミホさんに贈ってくれた。
しんちゃんは、なんとここで、「実はミホちゃんのことをずーっと、可愛いなあと思っ

ていました」と大告白。

僕が、「危なかったですね、こんな身近に敵がいましたね」と返すと、ちいさな笑いが起こった。

旧友のハッタ君は、さすが社長業をやっているだけあって、周りに気を配ったいい話をしてくれた。

「世の中には、守らなければいけない順番というものがあります。それは、親より先に子供が死んではいけないという順番です。今回の津秋家のご不幸に関しては、そういう順番という意味では間違っていない、間違ってはいないのです。しかし、ミホさんにはお母様がいます。そのお母様の悲しみは計り知れません・・・」

確かにそうだ。僕と子供たちも、もちろん悲しいが、娘に先立たれたシゲコさんの辛さは想像もつかない。

パナップを紹介するとゆみらんが、「なにー?そんなん聞いてへんでーっ」と怒り出したのが少し可笑しかった。

あこの「順番にそっち行くから待っててね」という言葉で場が和んだ。

最後はパナップで締めてもらう予定だったけど、そうだ、と思いつき、息子たちを代表して長男のリョウにマイクを渡した。

突然のフリにもかかわらず、意外にきちんと話をしたので少し驚き、それなりに大人になってたんやなあ、と少しだけ見直した。

三十分が経過したので出棺の準備をするということになり、全員一旦部屋を出た。

その時、三男テルのバンド仲間でくはちのボーカル担当の高校生、I君が来てくれているのに気づいた。わざわざ学校を早退して駆けつけてくれたらしい。その気持ちがとても嬉しかった。

I君がおもいっきり泣きじゃくっているので、僕が肩をたたいてなぐさめることになった。

再び部屋に入り、ミホさんが眠っている棺にみんなでお花を入れていく。

司会者から、

「喪主様、音楽をお願いします」と言われて、あわてて曲をかけた。

流れ出したのは、ビリー・ジョエルとレイ・チャールズのデュエット曲『My Baby

Grant』。

切ないピアノのイントロとレイ・チャールズの憂いを帯びた声が会場に響いた。みんなが泣きながら別れを惜しんでいる。

最後のお花を僕が供えて、棺の蓋が閉じられ、いよいよ出棺の時がきた。

「焼きたくない・・・」

僕は昨日の夜中、会社の後輩に何度もこうつぶやいていたそうだ。焼きたくない・・・・。できることならずっとこのまま置いておきたい。

火葬場は園田にあった。

そこへ向かう途中、偶然にも僕たちが結婚して初めて住んだハイツの前を通った。ヒルロックシティという名前のハイツだったが、すでにハイツは取り壊されていて、空き地になっていた。

結婚した頃は、週末になると友達を呼んで宴会をしまくった場所。

「ミホさん、ヒルロックの前を通るよ」と声をかけた。

火葬場で行われたことのすべては、夢の中の出来事のように思える。

ミホさんを荼毘に付すという事実がどうしても受け入れられなかったのだ。喪主として一人だけで入った、棺が納められた火葬炉の前の空間も、現実に存在する世界だとは思えなかった。

僕は何かの間違いでそこにいるのだと。

焼き終わって出てきた棺の中の骨も、それがミホさんの骨だとは到底思えなかった。それは誰か他の人の骨だ、ミホさんの骨であるはずがない。ずっとそんな感覚が僕を支配していた。

まっ白な布に包まれた、お骨の入った箱を抱えてバスの最前列に座った時、僕の前に現実が戻って来た。

「くっ、こ、こんなに小さくなってしもて・・・」涙が止まらなくなった。

葬儀場へ戻る車中、僕の隣にリョウが座った。

手にはハンカチに包まれたお骨を持っている。

誰かのアドバイスで、骨壺に入りきらなかったお骨を分けてもらったらしい。

「そういえばミホさん、誕生日が一月十一日で、亡くなったのが十二月三日。一・一・

一と一・二一・三やな」と僕が言うと、リョウが、

「揃えてきよったなあ。三・二一・一で復活するんとちゃうか？」と言い、二人で笑った。

本当にそんなこともあるかもしれない、と思ってしまった。

葬儀場に戻りみんなが散会していき、最後は僕一人になった。

誰もいなくなった葬儀場というのは本当に寂しい場所だった。

タクシーを呼んでたくさんの献花や果物とともに自宅に戻った。

その夜は近所のスーパーでお惣菜を買ってきて、男四人でちゃぶ台を囲んで食べた。

それは、これから本格的に始まる、むさくるしい合宿生活の幕開けだった。

次の日、まず最初にやらなければいけなかったことは、長男がパンクさせた車の右後輪をスペアタイヤに変えて、新しいタイヤを買いに行くことだった。

次男タスクと二人でジャッキアップし、奮闘しながら付け替えた。

オートバックスでタイヤ交換をしてもらっている間に、隣にある藤平ラーメンに入った。一人で食事をする時が一番こたえる。

カウンターでネギ味噌ラーメンをすすりながら、あふれる涙を必死でこらえた。

そして考えた。

生きているってどういうことだろう？

いま、ラーメンをすすりながら涙を流している僕は、生きている。

カウンターの前で忙しく働いている店員さん、タイヤ交換をしてくれているオートバックスのお兄さんも、生きている。道端で寝転ぶ猫も、空を飛んでいる鳥たちも、生きている、動いている。

でも、ミホさんは、もう生きてはいない。手をつないで一緒に歩くことができないし、ＬＩＮＥメッセージで他愛もないやりとりをすることもできない。

どうしてだろう？

生きていることと、生きていないこと。その違いがよくわからなくなってきた。頭が混乱している。

家に戻って、タスク、テルと一緒に買い物へ出かけた。

まず最初に買うものは決めていた。

トイレを自動洗浄してくれる便座だ。男四人だけの生活、これからはこういう便利なものに頼ってなんとか暮らしていくしかない。

買い物を終えて、子供が生まれたばかりのトシコーチが働いているBotanical Azureという名前のお洒落な花屋さんに行った。

自宅の庭にミホさんのために木を植える相談をするためだ。

いろいろ話を聞き、オリーブの木を二本植えることにした。オリーブの木は二種類を一緒に植えると、実のつき方がよくなるらしい。

この日だけはまる一日外食で済ませることにして、夜は三人でばっしらいんに行くことにした。タスクとテルにソーキそばや天ぷらなど、お腹にしっかりとたまるご飯を食べさせた後、僕は一人でミホさんがボトルに「元気になったらコレ飲むどー」と白いマジックで書いた泡盛を飲んだ。

「どんどん寂しくなるからねー」とお店のお母さんに言われた。

そういうものなのだろうか？

会社は一日だけ休んで、葬儀の二日後から出社することにした。

子供達も学校に行くし、自分一人だけで家にいることが一番辛いと思ったからだ。

阪急電車での通勤中、園田の駅から保育士さんに先導された幼稚園児たちがたくさん乗ってきた。僕は反対側のドアの前にいた。幼稚園児たちはドアの窓からの景色を見るのが大好きなので、自然とドア側に集まり、僕を取り囲む形になった。

ここにミホさんがいたら、喜んだだろうなあと思った。

子供が大好きな人だったからだ。そう考えると、また涙が溢れてきた。

黄色い帽子を被った幼稚園児たちに囲まれて、涙を流しているおじさんがひとり・・・。シュールな光景が出来上がってしまった。

疎外感・・・。

会社に着いて仕事を始めた時に感じたのは、圧倒的な疎外感だった。自分だけがこの世界の外側にいるような感覚。現実に生きている自分を別の場所から見ているような感覚。

ミホさんがいなくなった後も、世の中は何事もなかったように動いている。

次の日曜日にOTIS BLUEでハッシンのバンドのライブがあったので、しんちゃんと一緒に観に行った。

ミホさんを知っている人たちがたくさんいて、みんなと順番にハグをした。

ハッシンがオノリオさん、ボトちゃんと組んでいるバンドで、ミホさんに捧げる曲、フォスター作曲の『Hard Times Comming』を演奏してくれて、また涙が止まらなくなった。

「たけちゃん、泣きたい時はちゃんと思い切り泣いてええねんで」とヴォーカリストのさぁちゃんがティッシュを手渡しながら慰めてくれた。

ライブが終わった後、尼崎に戻ってしんちゃんと立花にある六平という居酒屋に行った。

二十代から通っていて、結婚してからもよくミホさんと一緒に行った居酒屋だ。

映画好きのマスター、ロッペイさんにミホさんのことを伝えると、とても驚いていた。

ミホさんは昨年も何度かここに来て、元気にビールを飲んでいたから。

月曜の朝、昨日のお酒が残っていたせいもあり、目がさめるとすでに八時だった。

三男のテルはこの時間には家を出なければいけない。

部屋まで行くと、案の定まだ寝ていたので、慌てて叩き起こした。

すると、すでに学校へ行く準備を終えて一部始終を見ていた次男のタスクがテルにブチ切れた。ミホさんの遺影の前で、

「お前何してんねん！夜中もずっとゲームしてたやろ！ええかげんにせえ！オカンと約束したんちゃうんか！お前だけなんもしとらんやんけ！」と言って蹴りを入れた。

「おいおい、やめてくれ、お母さんの前で喧嘩せんといてくれ・・」と僕は半泣きで訴えた。テルは、

「死ね・・ゴリラ・・」と吐き捨てるように小声で呟きながら、猛スピードで制服に着替えて学校へ向かった。


ミホさんが亡くなって二週間ほど経ったころ、会う人から「どうですか？すこし落ち着きましたか？」という質問をよく受けた。

この質問にはどう答えて良いのかよくわからず、「ええ、まあぼちぼちやってます・・」という大阪商人的返ししかできない。

質問者は「(生活が)落ち着きましたか?」と聞いているのは分かるのだが、受けた方はどうしても「(悲しみが)落ち着きましたか?」というふうに捉えてしまう。

生活は、目の前にある日常をこなしていかなければならないので、一定のペースが出来てくる。それが「落ち着く」ということになるのかもしれない。でも悲しみは、落ち着くはずがない。むしろ、どんどん喪失感とともに深くなる。

ばっしらぃんのお母さんに言われた「どんどん寂しくなる」という言葉の意味がやっとわかりだしてきた。

ミホさんがいた時間から自分がどんどん離れていく。

時間は途切れることなく流れていき、僕たち、残された家族は毎日をリニューアルしていく。

でもミホさんの日常が更新されることはもうない。その乖離が寂しさを助長するのだろう。

子供達はどうなのだろうか？

リョウは？タスクは？テルは？みんな、どんな感情を抱えて生きているのだろうと思うと、たまらない気持ちになる。

十二月半ばの土曜日、仕事関係の方の結婚パーティに出席した。

二ヶ月ほど前に案内状を頂いていたが、パーティが行われる場所までは確認していなかった。直前になって見てみると、そのパーティ会場は大阪城公園の中にあった。

僕とミホさんがいつも病院から眺めていた場所だ。ミライザ大阪城という名称で、元は大阪市立美術館の建物である。

パーティが終わり、建物の外に出たところから病院が見えた。

八階のカフェスペースや各病室に明かりが灯っている。

今もそこにはがん患者やその家族がいて、完治することを信じながら毎日を過ごしているのだろう。そこにいるすべての人に悲しいことが起こらないようにと、手を合わせて心から祈った。

僕は出来なくなったことが二つある。

ひとつは集中して文章を読むこと。

もうひとつはリラックスして音楽を聴くこと。

僕はミホさんを失うとともに、自分自身の半分以上も失ってしまったような気がする。

多分、僕の半分は、一旦壊れてしまったのだ。

ミホさんが亡くなった時に壊れてしまった。

今は壊れたパーツをなんとか繋ぎ合わせて自分を保っている。

繋ぎ目がいつかは強固なものになって、ずっと今までの自分のままでいられるかもしれない。あるいはひとつひとつの繋ぎ目が疲弊しだして、最後はバラバラになって崩壊してしまうかもしれない。

僕自身にもこれからどうなるかは全くわからない。

今の僕に出来ることは、目の前にある日常に集中して、一日一日を謙虚に丁寧に暮らして行くことだけだ。ミホさんがいつもそうしていたように。

十二月二十四日「植樹式」

クリスマスイブの日、庭にオリーブの木を植えた。トシちゃんが一緒にお店で働いている実兄と一緒にやってきて植えてくれた。

ファイブ・バックスのしんちゃんやほっこり会のみんなも集まってくれた。穴を掘って、小さなオリーブの木を置き、土をかけ、クリスマス用に買ったスパークリングワインを振りかけた。二年後ぐらいには大きくなって実がなるそうだ。

忌々しい二〇一七年があと一週間で終わろうとしている。

最初の手術の時、近所の病院で生まれた赤ちゃんは、もうハイハイをしている頃だろうか?

これからはスーパームーンを見るたびに、ミホさんが病院で亡くなったあの日のことを鮮明に思い出すのだろう。

でも、もう決して悲しんだりはしない。

スーパームーンは、ミホさんが僕たち家族や友人たちをいつまでも照らし続けているという証なのだから。

ボーズのブルートゥース・スピーカーからジョン・レノンとオノ・ヨーコの『Happy Xmas』が流れている。

メリークリスマス、ミホさん。

来年は、何も恐れるものがない年になることを願って。

あとがき

妻が亡くなったあと、記憶が鮮明なうちに、私たち夫婦にどういうことが起こったのかを書き残しておこうと思いました。私だけしか知らない事実を、妻のかけがえのない友人たちに知って欲しかったからです。それが、この本を書いた大きな理由です。

冒頭の文章は、妻の病室に泊まっている時の早朝に書き始めました。その時には本を書こうという考えなど全くなく、自分でもなぜだかわからないままにノートを取り出し、鉛筆を走らせていました。

ベッドで眠っている妻からの「書いて欲しい」というメッセージを受け取ったからかもしれません。あるいは、それは私の単なる思い違いであって、妻は今ごろ天国で、「たけちゃん、やめてーや、恥ずかしいやんか。私の日記まで晒けだして、なにすんの！」と怒っているのかもしれません。

どちらなのか?書いている間、ずっと考えていました。こうして本になった今でも、まだわかりません。

この場をお借りして、三人の息子たちへメッセージを送りたいと思います。三人とも言葉にはしないけれど、

「オトン、母さんがおらんようになって精神的に大丈夫なんやろか？また禿げてきたんとちゃうか？」

という具合に僕のことを気遣ってくれているのは、ひしひしと伝わっています。ありがとう。お父さんは、君達がいるからなんとか踏ん張れています。

今後も男四人の合宿生活を続けていくために、一つだけお願いを聞いてください。自分の部屋ぐらいは、自分で掃除してね。

出版するにあたり、お世話になった方々に感謝を申し上げます。デザインをしていただいた、アートディレクターの大松さんとデザイナーの水江さん。本を書いていることを伝えると、「象の森書房」を紹介してくれた電通の古川さん。出版のことなど全くわからない私に懇切丁寧に教えていただき、完成するまでお付き合いいただいた編集者の松山さん。みなさま、本当にありがとうございました

二〇一八年　　十二月

〈著者〉
津秋武稔（つあきたけとし）
一九六三年生まれ
尼崎市出身
趣味は、アナログレコードを聴きながらウイスキーを飲むこと。

アートディレクション：大松敬和
装丁＆カバーデザイン：水江　隆
吉田綾香
ＤＴＰ：米津イサム

SUPER MOON（スーパームーン）

2018年12月3日　　初版発行

著　　　者　津秋武稔
発　行　人　松山たかし
発　行　所　株式会社シンラ　象の森書房
〒530－0005
大阪市北区中之島3-5-14LR中之島8F
Tel. 06-6131-5781　fax. 056-6131-5780
mail: zonomori@shinla.co.jp
印刷・製本　有限会社オフィス泰

落丁・乱丁本はお取替えいたします。

ISBN 978-4-909541-02-4